GOBOOKS
& SITAK
GROUP©

三日月書版

草子信
illust 日々
遊戲結束之前
ゲームが終わる前に
三日月書版
輕世代 FW378
—毀滅禁止—
BEFORE THE END OF THE GAME

遊戲結束之前
ゲームが終わる前に
BEFORE THE END OF THE GAME

CONTENTS

BEFORE THE END OF THE GAME

CHARACTER FILE 001

私家偵探

左牧

喜歡耍小聰明，充滿心機的利己主義者。曾受人委託參加遊戲，有冷靜分析和觀察的能力，雖說是普通人，但對血腥畫面習以為常。

BEFORE THE END OF THE GAME

CHARACTER FILE 002

殺人魔

兔子

個性古怪，偶爾會表現出懦弱的一面，但戰鬥時卻可以面無表情地將人殺害。

原是無主罪犯，遇見左牧後主動接近他。對左牧有相當強烈的占有欲，是個讓人捉摸不透的神祕男子。

BEFORE THE END OF THE GAME

CHARACTER FILE 003

羅本

軍人

具有道義精神，但並非正義使者，會視情況判斷自己的行動，重要時刻也有可能背叛同伴。

槍械專家，近戰不強，擁有很強的狙擊能力，基本上只要扣下扳機就不會失誤。

BEFORE THE END OF THE GAME

CHARACTER FILE 004

研究學者

邱珩少

只對自己有興趣的人事物執著，比起和真人互動，對資料數據更感興趣，是不折不扣的研究狂。十分聰明，自我意識高，不擅長和他人合作。

BEFORE THE END OF THE GAME

楔子

ゲームが終わる前に

「呼……呼……」

急促的喘息聲，鼻腔裡還帶著鮮血的氣味，左邊臉頰明顯腫脹，連右手都因為骨折而無法動彈，像個累贅般無力下垂，隨著他奔跑的腳步前後晃動。

眼前的樹林看起來一模一樣，說真的，他不知道自己在前進還是原地繞圈，可以肯定的是，如果他停下來的話，絕對會死。

現在的他就像是在森林中逃竄的獵物，能夠感覺得到那群追殺他的「鬣狗」的視線，想要活下去的欲望，讓他忘記身體的疼痛。

眼看著前方的路開始變得寬闊，似乎就要衝出讓人失去方向感的樹林，想到終於能看見不同的風景，他的心情忍不住雀躍起來。

然而終於離開樹木區域、迎向空曠世界的瞬間，他立刻停下腳步。

因為那並不是他想像中的空曠大地，而是九十度垂直的懸崖，若再繼續照剛才的速度往前衝的話，就會直接摔下去。

「啊……怎、怎麼會……」

男人喉嚨顫抖，因為絕望而說不出話。

眼看著逃生希望就這樣破滅，那顆想要活下去的心，也染上陰霾。

可是，並沒有給他太多時間感傷，在他身後的樹林中，慢慢地走出數名身穿黑衣、戴著面具的男子。

來者就像幽靈一樣，完全感覺不到他們的存在，甚至連腳步聲都沒有，彷彿突然之間就出現在那裡。

男人恐慌地轉過身，眼睜睜地看著來者逼近，只能往懸崖的方向慢慢退後。後腳跟已經快要懸空，無路可退，再這樣下去，他拚命逃出來的努力將會白白浪費——不行，絕對不能這樣。

同伴好不容易製造機會讓他逃出來，他不能就這樣讓同伴白死！

一定要活下去，一定要！

男人帶著堅定的眼神，猛然抬頭，舉起左手緊握的手槍，瞄準其中一個黑衣人。

但他還來不及扣下扳機，甚至連對方的動作都沒看到，喉嚨就被劃開了。

大量的鮮血淹沒男人的脖頸，將身體完全染紅，而他的雙眼也失去光芒，慢慢往後傾倒，就這樣直接墜落懸崖。

底下是湍急的溪流，很快就把男人的身體完全吞噬，連鮮血都來不及染紅水面，就這樣消失在這個世界上。

而這群黑衣人站在崖邊，確認目標已經死亡，存活率為零，才轉身回到樹林。

他們的身體掠過樹叢的時候，甚至連沙沙聲響都沒有，如影子、如鬼魅、如死神。

當黑衣身影完全融入樹林的陰影中，這片山區再次恢復原有的寧靜，彷彿從來沒有發生過任何事。

山崖下的溪流捲著已無生命跡象的屍體，不斷撞擊河床石頭，就這樣一路向下，直到卡在樹枝與大石之間。

幸運的是，屍體並不是沉入水底，而是在人能夠看得到的地方。

這附近正好有幾名遊客在享受烤肉時光，而幾個帶著小釣竿和魚網的孩子，高興地在石頭上跳來跳去。

「那是什麼？」

其中有個小孩遠遠就看到溪水裡有半顆頭顱，在好奇心的驅使下，他們湊過去想看看那究竟是什麼東西。

年紀最大的孩子帶頭，讓幾個小孩跟在後頭。在他發現卡住的東西是「屍體」的瞬間，臉色鐵青地向後面的同伴們大喊：「不要過來！」

幾個小孩被他的表情和聲音嚇到，全都傻住了，而不遠處的大人們聽見聲音，覺得狀況不太對勁，急忙跑過來。

所有人在見到喉嚨被劃開的屍體後，全都說不出話來，遊客抱著孩子們遠離、急忙拿出手機報警。

而屍體張著眼睛，像是死不瞑目，死死盯著溪流旁的樹林。

誰都沒發現、也沒有人想得到，在樹林的陰影處隱藏著一雙眼睛，與屍體四目相交。

那人的耳機裡傳來雜訊，細微到完全沒辦法判斷內容，他卻聽得一清二楚。

「**確認死亡。**」

簡單的四個字，結束這項簡單的工作。

他慢慢地後退，慢慢地消失不見，留下那群因為突如其來的狀況而陷入混亂的遊客。

BEFORE THE END OF THE GAME

規則一：被獵殺的正義

ゲームが終わる前に

「嗚哇，有夠慘。」左牧來到現場，掀開防水布看了一眼屍體的狀況後，皺緊眉頭。

雖然他不是法醫，但好歹也是名刑警，看過的屍體不少，所以能大概做出初步判斷，但眼前這具屍體根本不需要法醫解剖，也能知道是怎麼死的。

喉嚨上深可見骨的刀傷，加上墜入溪谷後承受的撞擊力道、湍急水流中的銳利岩石——就算割喉不會讓人立刻死亡，在這種情況下，存活率也完全為零。

「你又擅自對屍體毛手毛腳。」

有名穿著刑警背心的男人走過來，站在左牧身後嘆氣。

他是負責這件案子的刑警王學承，同時也是左牧的熟人，所以和他說話的態度與口吻都比較隨便一些。

「話別說得這麼難聽，我可是有戴手套的。」

「就算是這樣也別隨便偷看啊，這可是我負責的案子，沒跟我打聲招呼就行動，不覺得很沒禮貌嗎？」

「你還是老樣子，做事這麼規矩。」

「我是照ＳＯＰ來，是你沒把這些規矩放眼裡。」

「如果照你的規矩來辦案，天曉得要查多久才能查出結果。」

面對左牧大言不慚的態度，王學承並沒有說什麼，「這案子你會接吧？」

「嗯。」左牧慵懶地應了聲，接著把視線投向眼前那座高聳的山。

明明向上面提出要休長假，沒想到居然會被召回來辦案。本來就已經夠讓人煩躁了，而在看到屍體後，心情變得更加糟糕。

左牧根本不用等報告，也不用等調查，就可以知道死者的身分。

這個人是和他們同期的刑警，幸虧沒有在水裡泡太久，所以就算臉部傷痕累累，也能輕易辨認身分。

很顯然，局長又打算把棘手的案子安排給他，否則也不會特地把休假中的他叫回來，直接前往現場勘驗。

「阿豪前幾天還跟我約好下禮拜要去打籃球，怎麼樣也沒想到再次見到他，竟然會變成這樣。」

「他最近在辦什麼麻煩的案子？」

「前幾天有個無名棄屍案是他負責的，不過還沒確定是他殺還是自殺，阿豪也只是進行初步的基本調查而已。你需要的話我待會把相關資料給你。」

「看來局長是故意把這個燙手山芋扔給我。」

「……你要小心點，左牧，我可不想連續幫自己的同期收屍。」

左牧勾起嘴角，自信滿滿地輕拍對方的肩膀，揮揮手道別。

「我晚點去局裡找你拿資料。」

「你要去哪？」

「在附近走走，看看有沒有什麼線索。」

「可別做什麼危險的事，聽到沒！」

「知道啦，別操心。」左牧背對他豎起拇指，信誓旦旦地說：「再說我也不是一個人行動，在我身邊可是養著連死神都畏懼的寵物。」

對方聽不懂左牧在說什麼，一臉困惑地看著他悠哉的身影。

「說起來那傢伙，最近好像跟人同居了？」他搔搔頭髮，更加困惑，但直覺告訴他最好別繼續想下去比較安全。

進入樹林後，左牧左右查看周圍，沒有發現除自己以外的人，這反而讓他覺得奇怪。

「我都說了別到處亂跑，那隻兔子真的是……」

話才剛說完沒幾秒，他身後無聲無息地出現人影，沒有半點氣息，緩緩把手伸向左牧的肩膀。

「嗚哇！」

毫無防備的左牧嚇到差點跳起來，他迅速轉過頭，臉頰卻被對方的食指戳個正著。

對方看著左牧氣呼呼的表情，感受著指尖的柔軟觸感，笑得十分開心。

「兔子！我不是說過很多次，別故意躲起來嚇我！」

左牧揪起兔子的衣領，雖然表情凶神惡煞，但看在兔子眼裡卻完全沒有威嚇力，倒不如說就像小動物在反抗一樣。

兔子心情很好，始終笑咪咪的，完全沒對自己的行為感到抱歉。

左牧拿他沒辦法，不快地咋舌後鬆開手，雙手插腰回歸正題。

「我要到上游去調查，跟我過來。」

左牧走出樹林，來到道路旁，他的車子就停在這。

雖說他是刑警，不過現在正在休假，自然沒有辦案資格。而且局長會找他來調查，就表示想要利用他「私家偵探」的假身分來干涉這次的案件。

也就是說，這件凶殺案背後的主導者，是警界動不了的人，就像主導那場「遊戲」的主辦單位。

左牧開車載著兔子，一路開上山頂。

他在來之前就先確認過這座山的地圖，再加上剛才看到的屍體狀況，大概可以推估死者是從很高的地方墜落後，再經由湍急的水流撞擊，帶到發現屍體的位置。

所以，他們要找的是第一案發現場，不過左牧有種不祥的預感，心情特別糟糕。

絕大部分的原因，是因為看見自己的同期死狀如此悲慘，無論是喉嚨的傷口，或者是胸口撞擊後產生的瘀青，都讓人想像得出來，他在死亡那瞬間有多麼恐懼、多麼痛苦。

在想著這些事情的時候，車子已經來到目的地。

這裡還不算山頂，但距離不到幾公里，左牧會選擇停在這裡，是因為湖泊就在這附近。而這座湖泊，正是溪流的源頭。

要在荒山野嶺進行調查十分困難，除了範圍過大、地形複雜，還有就是不好尋找線索，所以手腳必須要快，否則氣候、野生動物，或者是人為因素，都很有可能會將線索抹滅。

而且在這種地方絕對不可能有監視器，只能用地毯式搜索的方式來調查。

換成其他人的話可能會很頭痛，還得花費大量的時間及人力，但左牧不用——因為他有兔子這個「專家」。

「兔子，你到樹林去搜查看看有沒有什麼可用線索，我晚點再來接你。」

兔子點點頭，迅速跳上樹枝，消失在左牧眼前。

左牧也沒打算閒著，他坐回駕駛座，重新發動引擎，準備先下山一趟去拿資料。

「如果只是追查無名屍的話，阿豪為什麼會跑來這種地方？」

這是左牧腦海中浮現的第一個問題。

他不知道阿豪遭遇了什麼事，但可以肯定的是，阿豪在調查的途中肯定是惹到了不該惹的對象。

殺害刑警可是重罪，一般混混不可能有膽子下手，也絕對不可能殺得了阿豪。阿豪不但射擊能力穩定、近戰搏擊也很有一套，目前他們分局內還沒有人能打得贏他。具備這種作戰能力的阿豪會輕易被人割喉殺害，怎麼想都不對勁。

「殺手？不，這樣的話用槍比較快，不可能選擇刀具類的東西做為武器。如果是不想留下證據的話，也可以選擇棒球棍之類的武器。」

左牧的大腦開始快速運轉，越想越覺得不太對勁，不知道為什麼總有種不祥的預感盤旋在心頭。

他很久沒有這種感覺了，就像是回到那座孤島一樣。

但，這裡不是那座島，而他也不在主辦單位的掌控中，所以會有這樣的感覺，讓他有些意外。

「希望這不是件麻煩事。」

左牧打從心底期望，這件凶殺案帶來的不會是比主辦單位還要棘手的麻煩。

左牧拿到阿豪遇害前調查的案件資料後，沒有馬上回事務所，直接就在車內全部看完。

無名屍之所以沒辦法確認身分，並不是因為屍體毀損得太過嚴重，而是沒有頭顱、指紋也被消除，所以無法辨別。

雖然可以採集ＤＮＡ，但資料庫裡並沒有匹配的資料。也就是說，死者並沒有任何案底。

「普通人嗎……如果是這樣，特意削除指紋感覺有點怪。」

阿豪留下來的資料不多，可是左牧很在意其中提到的一個組織——代號「dungeon beast」，被人暱稱為「困獸」的恐怖犯罪集團。

根據阿豪的調查，這個組織類似於機構，會從全世界挑選他們認為有潛力的小孩，從小進行「特殊教育」，至於教育內容是什麼，不用想也知道。

左牧眉頭緊蹙，雙眸低垂。

沒想到臺灣竟然會有這種組織存在，真令他意外。但或許正是因為第一反應都認為「不可能」，因此更加安全，也更容易隱藏起來、在暗中活動。

如果說無名死者是被這樣的組織獵殺的話，就能夠說明為什麼會刻意讓人無法辨認屍體。但話又說回來，比起這麼做，還不如焚屍或是把屍體扔入大海，會這樣光明正大棄屍，恐怕是為了殺雞儆猴。

也就是說，無名屍只是用來警告其他人的道具。

這樣有規模又牽涉計畫性犯罪的組織，應該不會只在臺灣活動，考慮到經營所需要的人脈、財力以及相關管道，這很有可能是跨國的犯罪團伙。

「唉，越想越覺得麻煩。」

左牧看完資料後，非但沒有得出什麼結論，反而更加困惑了。

不過如果他的推測方向沒錯，恐怕阿豪的死跟這個組織有很大的關係。

「這樣的話，陳熙全搞不好會知道些什麼情報。」

雖然不想要拜託那個人，但是從他那邊取得情報是最快的。

「沒辦法了。」左牧嘆了口氣。

現在只能希望兔子能找到什麼線索，可以稍微解開他腦袋裡的疑點。

他看看時間，想著差不多該回去接兔子的時候，副駕駛座的車門突然打開。

左牧立刻轉過頭，還沒看清楚來者是誰，臉就先埋入銀白色的髮絲中，差點喘不過氣來。

「唔！兔、兔子？你是怎麼找到我的？」

左牧沒想到兔子竟然會先找到他，雖說他知道以兔子的體力和身體能力，靠雙腿移動到山下綽綽有餘，但再怎麼樣也不可能知道他在哪吧！

他開始懷疑，兔子身上是不是有自帶追蹤天線，不管自己在哪都逃不過他的手掌心。

兔子沒有回答，只是心滿意足地磨蹭他，完完全全就是個黏人的小動物。

左牧放棄掙扎，他早就麻痺了，也不想追根究柢兔子為什麼會知道他在哪了。

這傢伙百分之百就是隻野生動物，恐怕光靠直覺就能找到他的位置。

「好了你別蹭了。」左牧邊抱怨邊把人推開，「你找到什麼情報了？」

兔子點點頭，從口袋裡拿出左牧之前幫他買的手機。

左牧翻看他拍攝的照片，眉頭緊蹙，陷入沉思。

照片裡有鞋印、殘留在樹枝和地面上的血跡，以及衣服的布料纖維。

接著兔子拿起放在包包裡的平板，在地圖上畫出路線和標註幾個重要位置，甚至連阿豪墜落的地點都找出來了。

兔子這幾個小時的搜查結果，比他預想的還要多很多。

「如果能給你看屍體的話，搞不好你可以找到更多情報。」

左牧摸摸兔子的頭來獎勵他，兔子笑得很開心，嘴角高高揚起，臉頰還帶點紅暈，完全不像是冷血殺人魔。

左牧重新發動引擎，再次往那片山區的方向移動。

把車停在同樣的位置後，兔子單手抱住左牧的身體，將他帶往自己找到線索的幾個重要地點。

根據兔子帶他走的路線，很明顯看得出有什麼人正在追趕阿豪，但已經沒辦法分辨鞋印，只能勉強靠著血跡和樹枝斷裂的位置來判斷方向。

血跡保留最完整的地方，是山崖邊，慶幸的是，這裡留下的鞋印比樹林裡還要完整。

左牧用手機拍下鞋印，仔細端詳。

「看起來應該是靴子之類的？」

兔子拿著平板走過來，回答左牧的疑問。

「登山靴」三個字清楚出現在螢幕上，正好和左牧想到的一樣。

「你也這樣認為？」

兔子點點頭。

「登山靴的話比較不常在平地穿，也就是說，凶手就是在這座山裡行動。」

左牧皺眉，接著站起身，將所有鞋印看入眼底，「而且不是一人犯罪。」

照這樣來看，阿豪應該是從樹林裡被追殺到崖邊，被對方割喉後墜入溪流。

左牧將照片傳給負責調查這起案件的同事，也把第一案發現場的位置傳給他，接著收起手機轉身離開。

剩下就交給同僚負責調查，他想先從那個組織下手。

「先回去吧，兔子，今天先查到這裡就可以了。」

兔子點點頭，再次抱起左牧，跳入樹林之中，不走地面而是踏著樹枝前進，既不會留下鞋印，也能夠更加自由地移動。

被兔子抱著的左牧，原本傻傻地盯著腳下，突然想到一件事。

如果說真有這麼多人在追殺阿豪，就算沒有鞋印，也會在樹林裡留下經過的痕跡才對，但他們剛才親眼看過，根本什麼都沒有。

——這樣有點奇怪，難不成他們是直接在崖邊埋伏阿豪？或者說，他們和兔子一樣，學猴子在樹上移動，所以才沒有留下任何足跡。

雖然只是臨時想到的可能性，可是機率很高。

若是這樣的話，就表示對方的機動性和兔子有得比。

越是去想，那種不祥的預感就越來越明確，現在左牧只希望是自己多慮了。

深夜的醫院地下室，幾乎沒有人想在這裡逗留，陰森的氣息加上照不到陽光的低溫，讓人不由自主地感到害怕，就像是置身在恐怖片之中。

逃生指示燈不停閃爍，不知道是因為電路問題，還是磁場影響。

在安靜無聲的走廊上，一點點腳步聲都能聽得一清二楚，但是忽然從天花板裡竄出的白色身影，卻連點聲音也沒有，就像是突然冒出來的幽靈。

他慢慢地往前走，不疾不徐，相當悠哉自若。

就在那人來到寫著「停屍間」三個字的門前，正準備推門的瞬間，一支槍管無聲無息地抵住他的左側太陽穴。

水藍色眼眸冷冷地掃過去，即便面對性命的威脅，仍面不改色。

持槍的人看到他的反應，停頓幾秒才把槍挪開，無奈嘆息。

「你大半夜的跑到這裡來做什麼？」

羅本實在不想管閒事，但兔子半夜偷溜出去，萬一出什麼問題就糟了。

左牧讓他待在家裡的交換條件，除了「家政夫」之外，就是擔任兔子的「監視者」。會這樣要求並不是因為無法完全信任兔子，而是怕他會擅自行動。

雖然不知道左牧已經預估到哪一步，但現在看來，兔子確實需要有人隨時看著。

兔子似乎也知道羅本跟著自己，並不意外他會出現在這裡，所以對他的威脅也沒有放在眼裡。

羅本見他沒回答，再次嘆氣。

算了，他早料到會是這樣。兔子雖然不再受到主辦單位的項圈限制，卻不願開口說話，彷彿他的心還留在那座孤島，沒有離開。

他跟左牧都有點擔心兔子，但如果本人沒有說話的意願，無論想再多也沒用。

日子漸漸過去，左牧照舊給他手機和平板來溝通，偶爾還會給他紙筆用寫的，總之就是撇開言語溝通，把他當成啞巴交流。

羅本看了一眼停屍間，再看看兔子始終不願意收回放在門把上的手，皺起眉頭。

「你該不會是想進去裡面看屍體吧。」

兔子點點頭，誠實承認。

羅本氣到眼角抽搐，「別亂來，那可是警方正在調查的屍體，要是發現有無關人士溜進來的話，會被當成嫌疑犯的。」

無論是他還是兔子，都是絕對不能被警察盯上的人。要不是有左牧和陳熙全幫忙，他們根本不可能過上這麼普通的生活。

雖說很無聊，但至少還過得去，也不用提心吊膽地過每一天。

他絕對不會讓兔子毀掉他的「安全」生活。

「跟我回去。」

羅本想拉住兔子的手，把人帶走，兔子卻沒理他，甚至先一步推開停屍間的門走進去。

「喂！你這……喂！」

羅本沒辦法，只能連忙跟上。

停屍間有兩個區域，一邊是開放式、安置許多冰櫃的牆面，另一邊則是另外用安全鎖隔開的玻璃牆空間。

兔子扭頭看了看，毫不遲疑地走向安全鎖，手肘向後，握緊拳頭，打算就樣直接破壞掉。

羅本差點沒嚇死，急忙拉住他的手臂。

「你傻嗎！這樣破壞會引發警報的！」

兔子眨眨眼，聽懂羅本的話之後，抬起頭看著天花板。

他不知道又想幹嘛，忽然就這樣踏著牆面衝向頭頂的通風口，輕而易舉地拽開透氣孔蓋後溜了進去。

羅本都還來不及看清楚他在幹嘛，下一秒就發現兔子已經從另一側的通風口跳出來，安然無恙地落在安全鎖鎖住的玻璃隔間裡。

兔子慢慢地走到門口，從裡面解鎖讓羅本進去。

羅本又被他的舉動嚇出不少冷汗，事到如今，就算反對也沒什麼意義了。

雖然不是原本的目的，但他也只能盡量阻止兔子做出其他危險的舉動。

羅本跟在兔子後面，走進這間格外陰森的格間，光線昏暗加上低溫的關係，真的有夠毛骨悚然，就算是習慣殺人和看過許多屍體的他，也覺得不舒服。

兔子看著那些躺在鐵床上、蓋著白布的屍體，很快停下腳步。

他就像是知道哪具屍體才是他要找的一樣，直接翻開蓋在其上的白布。

屍體安詳地睡著，身體全是傷痕，喉嚨的傷口尤其明顯。

不知道是因為溪流石頭的撞擊，還是死亡已經有段時間的關係，死者的皮膚開始發青，甚至傳出明顯的腐臭味道。

羅本和兔子一臉平靜地看著屍體，各自站在鐵床的左右兩側。

「這傢伙……該不會是跟左牧同期的那個死因不明的刑警？」

兔子點點頭，接著拿起旁邊的手術用手套，有模有樣地戴上。

他輕輕提起屍體的下巴，食指延著割開的傷口慢慢滑過，面色凝重。

接著他又檢查那條骨折的右手、斷裂的鼻梁，將所有明顯的傷痕全都仔細看過一遍，才重新把白布蓋回去、取下手套。

羅本覺得兔子的表情變得比進來前還要緊繃，看起來就像是發現了什麼不該發現的情報。

光是用肉眼能夠判斷的東西有限，很多情報還是需要等待解剖後才能知道，不過看這具屍體的完整性，法醫應該還沒處理這個案件。

「你發現了什麼？」

兔子拿出手機，手指靈活地敲打螢幕。

接著羅本的手機就傳出訊息通知音效，他拿出來看，發現面前的兔子竟然直接用通訊軟體回答他的問題。

「麻煩。」

人明明就在面前，卻用這種拐彎抹角的方式交談，羅本真不知道該作何反應。

但這就是兔子「目前」的交談方式，他也只能認了。再說左牧早在回來後沒多久，就徹底放棄了讓兔子開口說話。

「你指的麻煩是什麼？」

「切口俐落、乾淨，凶手是專家。」

「意思是職業殺手？」

「比這更麻煩。」

羅本還來不及仔細問清楚，兩人就同時感覺到其他人的氣息，迅速把頭轉向停屍間門口。

雖然還有點距離，但他聽得很清楚。

有人正在往停屍間的方向靠近，而且不只一人。

兔子的訊息又在這時候傳來。

「五個，有帶武器。」

羅本勾起嘴角苦笑，他當然聽得出來。

腳步聲除了判斷對方的位置、距離以及人數，還能聽出攜帶著什麼。像他們這種早就習慣暗中埋伏的「專家」，能夠根據經驗，在幾秒內推斷出對方大概的身分，以及有沒有攜帶武器。

羅本和兔子默契地各自找隱蔽處躲藏起來，而那群人也在幾秒之後進入停屍間。

是幾名黑衣人，全戴著面罩，所以無法看清長相。可以確定的是，他們絕對不可能挑這個時間來停屍間喝茶聊天。

黑衣人跟兔子一樣，很快就找到阿豪的屍體，在翻開白布一角確認後，就拿出他們帶來的屍袋。

羅本驚覺對方打算偷走屍體，沒有立刻跳出來阻止，但兔子卻相反。

兔子從黑暗的角落現身，連點聲音都沒有，直接從後方伸出手，扣住其中一個人的下巴，用力往後壓。

喀嚓一聲，清脆的骨裂聲響迴盪在安靜的停屍間，同時也驚動另外四名同伙。他們完全沒想到這裡還有其他人在，全都用震驚的目光看著眼前的雪白身影。

兔子低著頭，用瀏海掩蓋銳利的雙眸，接著迅速跨出腳步，不到一秒便衝入敵方之間。

「可、可惡！」

「這傢伙是誰啊！」

兔子既沒有穿著警裝，看起來也不像警察，長袖帽T和牛仔褲的打扮，完全就像個普通路人。那群黑衣人怎麼樣也沒想到，這樣的存在竟然會造成如此大的威脅。

其中一名黑衣人掏出手槍，瞄準兔子扣下扳機。

沒想到才剛開槍，兔子就已經消失在眼前，子彈當然也沒打中，白白擊中對面的牆壁。

四人因為兔子的突襲而陷入混亂，全都在拚命尋找敵人的蹤影，但隔間內光線昏暗，肉眼能搜查的範圍有限，誰也沒想到，兔子此刻正抓著天花板上的通風口，掛在所有人的頭頂。

他瞄準剛才朝他開槍的人，鬆開手，將全身的體重壓在對方身上。

那個黑衣人被他狠狠踩在腳底，這聲巨響也把剩下三人的目光全都吸引過來。

所有人動作一致地掏出手槍，朝半蹲的兔子開槍。

子彈並沒有傷到兔子，反而全都擊中倒在地上的同伴。

「呀啊啊啊！」

隨著慘叫聲結束，閃身到一旁的兔子也拿起桌上的手術刀，從最先垂下槍的人下手。

他先是劃過對方握槍的手腕，在槍掉落地面前一秒，從背後壓住那人的後頸，直接把刀插入頸椎，就像是熟知關節位置，輕而易舉地將頸骨向上撬開。

這個人當場就斷了氣，手槍才接著落地。剩餘的兩名黑衣人將槍口對準聲音傳來的方向，卻只見到倒地不起的同伴。

大腦還沒搞懂發生了什麼事，也找不到兔子的位置，兩人頓時被恐懼淹沒。

「搞什麼鬼！我才不要死在這種地方！」

其中一個人承受不住隨時會被殺死的恐懼，想要逃出停屍間。

工作什麼的他不管了！活下去才是最重要的！

兔子並沒有阻止那個人逃走，因為他知道沒有人能夠走出這個房間。

果然，一直躲在暗處的羅本，在那個男人跨出停屍間的瞬間，伸出手肘狠狠砸在他的鼻梁上，直接把人敲暈在地。

羅本早就趁剛才的混亂溜到門外，就是為了防止任何人逃離停屍間。

更何況，當他看見兔子的「眼神」時，就猜到兔子不打算放過這些人。為了給他更大的行動範圍，羅本默契地退了出去。

再說，他本來就不擅長近戰，在狹窄空間打起來的話他可吃不消。

留在停屍間裡的最後一個男人，見到出現在門口的羅本，驚訝不已。

他沒想到兔子竟然有同伙，當羅本舉起手微笑著朝他揮動的時候，內心已經涼了一半。

「該、該死的！」

他雙手舉起手槍，對準羅本的臉，卻來不及扣下扳機。

兔子從他身側將手術刀準確無誤地插入扳機的位置，連同他的手指一同卡住，就像是插烤肉串般簡單。

「嗚哇啊啊啊啊！」

男人放聲慘叫，卻被兔子從背後捂住嘴。

喀嚓一聲，他的脖子呈現一百八十度扭曲，癱軟倒地。

羅本搔搔頭髮，跨過滿臉鼻血的黑衣人走回停屍間。

「雖然這裡是停屍間沒錯，但你也別隨便增加屍體啊！這裡可不是主辦單位的『遊戲』世界，你所做的事情，全都要由左牧來承擔，給我牢記這點。」

兔子聽到「左牧」這兩個字，頓時清醒過來，低著頭唯唯諾諾的，看起來有真心在反省。

潑出去的水收不回，兔子的行動已成既定事實，羅本也只好幫忙善後。

「幫我把這些屍體處理掉。」

兔子眨眨眼，很好奇羅本有什麼辦法，結果最後才發現，羅本只是清理清理現場的血跡，再把這些屍體全部丟進醫院外面的大型垃圾桶，用充滿惡臭的垃圾蓋住而已。

他忍不住想，這麼簡單的掩埋行為真的沒問題嗎……

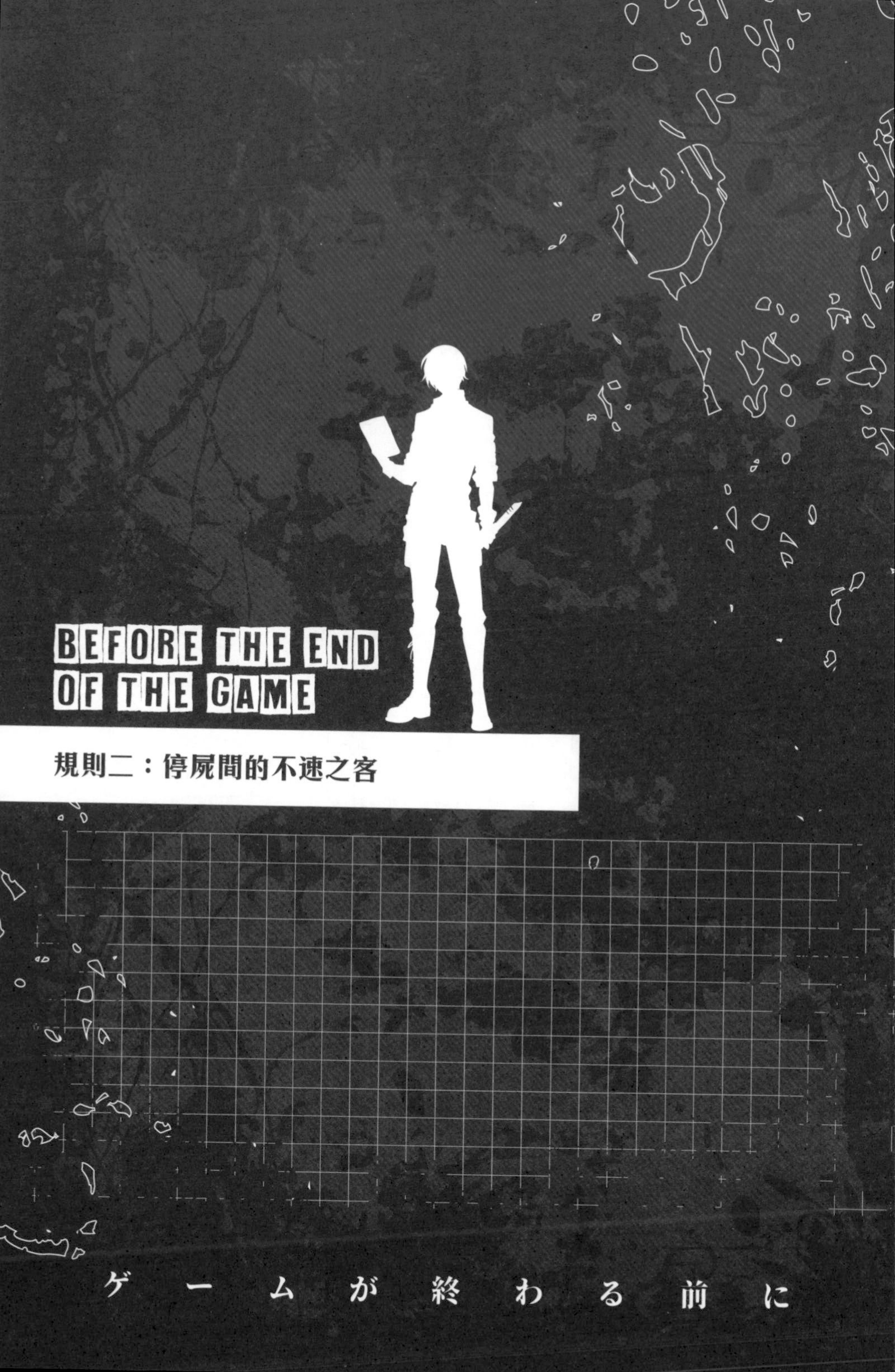

BEFORE THE END OF THE GAME

規則二：停屍間的不速之客

ゲームが終わる前に

兩個半夜不睡覺、擅自行動的「同居人」，趁著天亮之前渾身惡臭地回到左牧家。

平常左牧都起得很晚，所以他們自然認為不會被發現，羅本也不打算把今晚發生的事情告訴左牧。

因為他知道，左牧百分之百會生氣。

結果沒想到，他們才剛進門，就同時被站在門口迎接的凶惡臉龐嚇得半死。

「嗚哇！你、你怎麼會……」

羅本驚訝地大叫，而兔子則是瑟瑟發抖，冷汗直冒。

左牧臉上滿是青筋，將「不爽」兩個字發揮到最極致，即便是經歷過戰場與生死關頭的羅本和兔子，都還是不禁感到畏懼。

「你們兩個跑去哪了？我可不記得你們感情有好到會一起半夜偷偷溜出去玩。」

羅本和兔子額頭上冒出的汗水，多到像是剛游完泳回來。

沒想到竟然會被抓包，而且左牧似乎已經在這裡等了很久，雙眼布滿血絲，跟恐怖片裡的鬼差不多。

兔子抖得比剛剛還要厲害，羅本也只能老實以對，把剛才發生的事情一五一十告訴左牧。

直覺告訴他，如果不老實回答左牧的問題，他們兩個就真的大難臨頭了。

羅本和兔子跪坐在客廳地上，左牧則是坐在單人沙發上，沉默地聽羅本敘述。

聽完後，羅本和兔子悄悄觀察左牧的反應，沒想到左牧竟然側頭枕著手背，早已呼呼大睡。

羅本真心覺得自己好愚蠢，完全被這兩人玩弄於股掌間，搞得他心好累。

「左牧，麻煩你認真點，別在人家講話的時候睡著好嗎？」

嘴角開始流口水的左牧，被羅本稍微提高的音量吵醒，這才打了個哈欠。

「沒辦法啊，我凌晨兩點起來上廁所，結果沒看到你們兩個，就一直等到現在。」

「你難道就沒想過我們會離開？」

「不說一聲就走？你的話我覺得有可能，但兔子絕對不會。」左牧又打了個哈欠，慵懶地說道：「所以只有兩種可能性，一是你遇到麻煩所以兔子跟過去，二的話就是兔子亂跑，你去把他抓回來。」

羅本只能說，左牧真的猜得很準，從容不迫的模樣看起來有點欠揍。

「我有麻煩的話兔子不會管我的吧。」

「兔子可是很喜歡你的，因為你會做好吃的東西給他吃。」

「對他來說我只有這個價值嗎……」

左牧先是停頓幾秒，才回答：「……大概吧。」

羅本怎麼聽都覺得左牧是在敷衍他。

「所以，你們去幹嘛了？」

「真是……饒了我吧。」

羅本頭痛得不得了，不得不面對現實，從頭開始說明。

第二次說明結束，這回左牧認認真真把事情經過全部聽完，羅本終於鬆了口氣。

「雖然我有想到兔子可能會溜去停屍間看屍體，不過，那群黑衣人的出現倒是在意料之外。」左牧摸著下巴思索，睡意全無。

見左牧身為刑警，卻沒有對他們殺人的事情發怒，羅本有些驚訝。

在那座孤島的時候，左牧很不喜歡隨隨便便奪走他人性命，即便是在生命受到威脅的前提下，也不輕易讓他們殺人。可是在聽到他剛才的說明後，左牧竟然沒有什麼反應？

「我們殺了人，你不生氣？」

罵。

兔子也用力點頭，附和羅本的疑問。

他會這麼緊張，就是怕左牧知道他殺人後會火冒三丈，結果沒想到完全沒被

羅本看到兔子雙目開始閃閃發光，急忙從他後腦勺狠狠拍下去。

「你要是沒偷跑出去的話，也不會遇上那種麻煩，給我反省。」

兔子摸摸後腦勺，但還是炯炯有神，根本沒把羅本的話放在心上。

左牧不這麼認為，應該說他很慶幸兔子這次有擅自行動。

「不，就結果來說挺好的，你們成功保下了阿豪的屍體。」

羅本知道左牧的意思，大口嘆氣，「那些人想盜屍，很顯然就是跟那名刑警的死有關。」

「你們能夠輕鬆對付得了的話，我想對方應該也不是多厲害的角色。可以確定的是，阿豪捲入的麻煩來自有組織的犯罪集團。」

「我猜到會是這樣，所以抓了一個人。」

「果然還是你聰明，要是兔子的話應該會全部殺光。」

「自己送上來的線索，怎麼能不好好利用。」

羅本和左牧默契地對視三秒後，同時起身。

「等我睡完回籠覺再繼續。」

「正好，我也這樣覺得。」

兔子還跪坐在地上，轉頭看著兩人往各自的房間走去，急急忙忙跟在左牧身後。

他看到左牧已經鑽回棉被裡，二話不說就想跳上床，衣領卻被人從背後狠狠拽住，整個人瞬間往後倒。

兔子起先還帶著殺人的目光轉頭，卻被羅本用更可怕的眼神反瞪回去。

這是兔子第一次被羅本震撼住，他有點莫名其妙，卻又只能乖乖被拎走。

「你想帶著那個跟垃圾一樣臭的身體去哪？嗯？」

兔子冷汗直冒，接著就被羅本強行拖進浴室。想當然耳，這味道可不是洗兩三次澡就可以洗掉的。

「下次我可不會幫你。」

兔子根本沒在聽，窩在浴缸裡面吹泡泡，頭頂還有隻黃色小鴨。

看他的樣子，完全沒有洗身體的打算，羅本忍無可忍，直接把他抓出來從頭到腳狠狠搓乾淨，才放他離開。

這一天就在兔子的暴走之下順利結束，感謝家政夫羅本的努力。

第二次起床已經接近中午，左牧並不是自己醒過來，而是被響個不停的手機吵醒。

他睡眼惺忪地從棉被裡伸出手，左摸摸右抓抓。結果還是比他早醒的兔子，蹲在床邊看著他到處亂摸了半天，這才幫忙把手機放到他的手中。

左牧把手縮回棉被裡，慵懶地開口：「……喂？」

「你該不會還在睡吧！」

「昨天有點事，忙到比較晚……幹嘛？」

「你不是要我帶你去看那具無名屍？」

「……好像有這件事。」

「怎樣？你是想跟我說你忘記了？」

「我現在就過去找你。」

左牧沒有理由反駁，只好翻開棉被跳下床。

兔子看到左牧頂著一頭亂髮走出房間，緊緊跟在後面。

「對了，還有件事。」

「你就不能一口氣說完？」

「我剛拿到阿豪的通話紀錄，他到那座山之前似乎在跟某個人聯繫。」

左牧愣住，臉色變得越來越難看。

兔子沒聽清楚左牧跟電話裡的人說了些什麼，但是從他的表情能看出來，絕對不是簡單的早晨問候。

比他們起得更早的羅本已經在客廳單手伏地挺身，進行早上的基本訓練。看到左牧臭著一張臉走出房間，羅本還以為是他們夜闖停屍間的事情被抓包之類的。

左牧沒有和對方講太久，幾聲附和後掛上電話，用最快速度簡單梳洗，連頭髮都懶得梳，就這樣換好衣服準備出門。

「你們兩個看家，這次哪裡都不准去。」左牧在兔子想要跟出去的前一秒，輕推他的胸膛，下達命令。

因為昨晚才惹他生氣，所以兔子不敢反抗，只好露出楚楚可憐的表情蹲在地上，目不轉睛地目送左牧出門。

羅本用脖子上的毛巾擦汗，盯著兔子坐在門口的背影，暗自在心中默數。

果然，還不到十秒，兔子就打算開門偷偷跟在後面，早就看穿他的羅本立刻上前把人拉回來。

「你這傢伙，連跟他分開十秒鐘都不行嗎！」他氣急敗壞地對兔子說，「左牧都要你乖乖待在家別亂跑，你到底是哪句話聽不懂？」

兔子嘟起嘴，很明顯不想聽羅本的話。

羅本無奈說道：「要是你昨晚沒有偷跑到停屍間，也不會惹上麻煩。今天要是再隨意行動的話，左牧真的會把你關在房門外，不准你進他房間。」

只要端出左牧的名字，兔子就沒辦法反駁，只能乖乖認命。

羅本就算了，唯獨不想被左牧討厭，所以他會聽話。

羅本鬆口氣，原以為終於成功阻止兔子亂跑，結果沒想到對方安分沒幾秒，就轉而打開窗戶打算直接跳出去。

「你這笨蛋！這裡可是十樓！」

羅本急忙抱住他，卻阻止不了。

兔子早知道羅本會來妨礙，乾脆直接拉著他往下跳，用最快的速度追上左牧的車，當然，為了不被發現，他始終保持著安全距離。

「兔、兔子！你……」

羅本根本沒時間說話，因為兔子的速度太快，而且走的又不是一般道路，不留神的話鴿子就會飛進嘴巴裡，所以他只能閉上嘴巴。

兔子停下來的時候，羅本已經跪倒在地，全身都是葉子和樹枝，相當狼狽。

他已經說不出話來，也懶得罵人了，正深深厭惡決定留在左牧家的自己。

「你下次要是再做這種事，打死我都不會管你了。」

這是他努力從喘息間吐露的怨言，但很明顯，兔子根本沒在聽。

兔子蹲在樹上，雙目緊盯著警察局門口，沒過多久就看到左牧和王學承並肩走出來，一起坐上車。

羅本眼見兔子迅速往下跳，也只能跟過去。

已經猜到白髮青年想做什麼的羅本，第二次拉住他的衣領，再次阻止對方的魯莽行為。

「你傻了吧？絕對是傻了。」這次羅本可不打算鬆手，就算兔子想殺他也絕不退讓。

「你跟我都不是可以隨便出現在『刑警』面前的人，我就算了，你好歹想想會給左牧添多大的麻煩。」

兔子癟著嘴，滿臉不願意，但沒有強行跟過去。

羅本忍不住嘆氣，他頭好痛，還穿著背心短褲，真的好想回家。

「總而言之先帶我回去，我會再陪著你跟蹤左牧，這樣可以吧？」

兔子點點頭，迅速把羅本扛在肩上，用跟剛才同樣的速度把人送回原處。

來回兩次「衝擊」，羅本身上的葉子和樹枝成倍數增加，還多了不少擦傷，整個人超級狼狽。

羅本稍微沖個澡、換好衣服，而這段時間兔子一直用炯炯的目光盯著他，就算沒開口也能知道這人有多著急，不斷以無聲表情壓迫他。

等到羅本終於整裝好，兔子迫不及待地開始踏步，繞著羅本轉圈。

羅本被他搞得超級煩躁，這隻兔子真的有夠難照顧。

他拿出手機，上面有左牧的GPS定位。這是左牧自己安裝在手機裡的程式，而且只有讓他知道，雖然不懂為什麼左牧要這樣做，但羅本當時覺得反正只是保險措施，也不會用到，就順著左牧的意。

沒想到，他竟然會在這種情況下拿出來使用，大概連左牧也沒料到。

撇開兔子不說，他其實也有點在意左牧正在調查的案子，畢竟屍體可是被人盯上，打算趁著夜色溜進停屍間偷走。

左牧是聰明人，絕對不可能沒有意識到這件凶殺案存在某種隱性危險，但或許也是因為這樣，左牧的上司才會要他來調查。

畢竟，那個人知道左牧身旁有兩名「專家」，也就是他跟兔子。

再怎麼說，他們都是從「煉獄」裡活著回來的倖存者，最適合這種危險任務。

羅本盯著手機螢幕，看見左牧的GPS停在幾個地方，迅速用電腦查詢。

兔子看到他似乎不打算出門，將筆電狠狠蓋上。

幸好羅本退得快，要不然幾根手指可能會被壓扁。

「沒必要用那麼浪費力氣的方式跟蹤，偶爾用點大腦思考怎麼行動吧，兔子。」

兔子總覺得羅本是在暗指他笨，轉而掏出小刀，直接插在筆電上面。

親眼目睹筆電被毀掉，羅本冷靜地說：「你欠我三萬二。我這臺筆電是前幾天才買的，沒折舊幾天就被你毀了。」

兔子拔起短刀，像在洩憤般，又多插了幾下，這才心滿意足地起身。

不過這次他沒有強行從窗戶跳出去，看起來是有把羅本的話聽進去，不過卻用額頭貼著牆壁，情緒低落地站在角落。

羅本沒甩他，從旁邊拿出另外一臺新筆電，繼續用這個方式追蹤左牧的行蹤。

無名屍是在阿豪死前五天發現的，因為找不到家屬、沒辦法確認身分，所以暫時安置在法務部的法醫所。

就像他在報告裡看到的，死者沒有頭、指紋被消除，雖然保留血樣，卻沒有匹配的對象，調查就像在大海撈針。

即使如此，阿豪還是找到死者跟「困獸」組織的關聯，這點讓左牧相當欽佩。阿豪是具備強大搜查能力的好警察，英年早逝真的很令人惋惜。

「屍體的解剖紀錄全都在這了。」負責解剖的法醫將資料直接遞給左牧，「沒想到阿豪會遭遇不測……知道這件事的時候，我真希望是自己聽錯了。」

「我們都很不捨，正因為這樣，更要為他找出凶手。」

王學承和法醫同樣感慨，每當有同袍遭到殺害，他們都十分痛心。

法醫盯著左牧，總覺得好像在哪見過對方，但又想不起來。

他皺眉的表情引起王學承的注意，便主動解釋：「他是接手這個案子的刑警，局長指定的。」

「真的假的？」法醫很驚訝，因為左牧看起來並不像刑警。

左牧早就習慣被人誤會，完全不當回事。比起自己的形象問題，他更在意資料上的紀錄。

「死者生前沒有遭受過虐打，也沒有綑綁跡象，腳部採取到的樣本顯示死者最後待的地方是樹林？」

法醫回答：「是的，我跟阿豪認為這不是綁架或誘拐，死者應該是自願到某個地方後遭到暗算。身體有多處擦傷，但都不是嚴重的傷，比較像是被樹枝或石頭劃傷，或是自己摔倒、掉落之類。」

「頸部的切口是兩段傷，表示第一刀是致命傷，第二刀則是用來掩飾身分，直接把頭砍下來的傷口。」左牧沉吟道。

「對，剛好第二刀在第一刀之上，所以才能判斷出來，如果相反的話恐怕就不可能得到這種情報了。」

「執行第二刀的人下刀位置沒有找好，不過既然保留下來的話，感覺應該是不在意。」

「確實有給人這種感覺。」法醫聳肩，「我真的盡力了，現在也頂多只能粗估死因是失血過多，其他什麼都查不到。」

「麻煩你把這個無名屍脖子上的傷口和阿豪的傷口比對一下。」左牧點了點解剖紀錄上的特寫照片。

「……阿豪脖子上也有這種傷口？」

「嗯，割喉是死因。」

法醫一臉凝重，「我會請負責解剖的同事把資料傳給我。」

和左牧離開法醫辦公室之後，王學承越想越不對勁，忍不住問：「你覺得追殺死者的人和殺死阿豪的是同一人？」

「應該不能說是『一人犯罪』，昨天我傳給你的地點，你應該去看過了吧？當時追殺阿豪的人不只一個。」

「就是因為知道才問你。」

「阿豪的調查裡有提到某個組織，『dungeon beast』。」

「啊啊，我聽說過。」王學承摸著下巴，「像這種地下組織，刑警之間都知道，但那個組織很棘手，根本找不到機會深入調查，只能暫時睜一眼閉一隻眼。」

「我認為阿豪的死可能跟這個組織有關，所以會先朝這個方向調查，但也不排除其他可能性。」左牧頓了頓，「只不過，若真的是他們下的手，這次就有『藉口』調查他們了，不是嗎？」

「所以你剛剛才會請法醫比對兩具屍體的傷口？」

「嗯，包括砍的角度、位置、深度，還有使用的刀具。」

「就算真的符合，光憑這些也不可能當作證據。」王學承嘆了口氣。

左牧不為所動，「所以我才要去見最後跟阿豪通電話的人，他是關鍵證人。」

「……現在還不知道是不是那個組織幹的好事，你別那麼早下定論。」王學承擔憂地看向左牧。

「這就只能等見到對方後，再來判斷。」

左牧悠哉地走在前方，看著朋友的背影，王學承也只能抓頭嘆氣。

兩人上了車，前往從電信業者那邊查到的地址，奇怪的是，他們抵達的竟然是阿豪自己的公寓。

阿豪住在五樓，而他通話的對象則是從同棟三樓打來的。

左牧一看到這個狀況就覺得不太妙，結果就跟他預料的一樣。

兩名刑警詢問三樓的住戶，屋主表示他今天早上才從國外回來，房子大概有七天左右沒有人住。只有屋主有鑰匙，除屋主外沒有任何人會出入，所以當王學承告知屋主，有人使用過他家的電話，屋主頓時嚇得臉色發青。

結果王學承平白多了一件闖空門案要處理，左牧則是在徵求屋主同意後，進屋察看。

大門沒有被撬開的痕跡，窗戶也都有上鎖。

「有沒有可能是盜接？」做完簡單筆錄後，王學承來到左牧身邊詢問。

「不是沒有這個可能性，連絡鑑識科，讓他們到現場來，看看能不能找到什麼。」左牧拍拍王學承的肩膀，微笑道：「這部分就麻煩你啦！」

王學承眼角抽搐，看起來很不願意，可是也只能聽從左牧的指示。

誰叫局長下令，要他全力協助左牧調查這個案件呢。

「載我回警局後你就回現場去，順便調查那個屋主，以免他說謊。」

「知道了，那你要幹嘛？」

「回家繼續睡覺。」

青年露出欠揍的笑容，差點沒讓王學承真的一拳打在他臉上。

左牧舉起兩手笑道：「跟你開玩笑的，我還有其他事要去調查。」

「跟你剛剛提到的那個組織有關？」

「你不用擔心，我不會擅自行動。」

「那就好，我可不想短時間內失去兩名同伴。」

王學承知道左牧很愛惜自己的小命，但還是不放心讓左牧獨自調查。

真不知道為什麼部長要讓左牧負責這麼危險的案子，明明可以直接建立專案小組，卻選擇最保守的路線來調查，越想越讓人不安。

但，只是名小刑警的他，也只能遵從局長的決定。

回到警局後，左牧坐在阿豪的辦公位置，仔細檢查他電腦裡的資料和潦草的筆記。由於局裡的同僚都知道左牧是來調查阿豪的案子，所以沒有人打擾他。

左牧就這樣瀏覽著電腦裡的資料，但他看的並不是阿豪死亡的案件紀錄，也不是無名屍的相關資料，而是隨意亂翻看阿豪過去的辦案紀錄。

因為有局長給的權限，左牧毫無阻礙地登入系統，翻閱其他刑警不能看的資料。

他一邊喝著咖啡，一邊緊盯電腦螢幕，直到把最近幾年的辦案紀錄全部看完。這花了他不少時間，甚至完全沒發現外面的天色已經由亮轉暗。

左牧拿起手機，發現羅本有傳訊息過來，但也只是問問有沒有要回家吃晚餐之類的簡單問題，看樣子有好好幫他把兔子「栓」在家裡。

今早羅本一說有人想偷走阿豪的屍體，左牧便忍不住懷疑是跟那個叫做「困獸」的組織有關。可是，羅本也有說，那些「小偷」的實力並不強，感覺比較像是被派來善後的小嘍囉。

只不過，這個思路又有種詭譎的違和感，左牧唯一能確定的是，阿豪百分之百捲入了一場不尋常的危險事件。

「阿豪，你就是太想保護別人，才會反讓自己丟了命……」

左牧對著螢幕碎碎念，繼續點著滑鼠，閱讀一頁頁資料。

阿豪過去負責的案子都沒什麼特別的，也找不出和這兩件命案的關連性，於是左牧轉而開始檢查辦公桌抽屜。

雖然大部分的東西都已經整理完畢，寄回阿豪的鄉下老家，但左牧很快就發現隱藏的夾層。

右邊最底下的大抽屜有保留一個小空間，因為這個抽屜是最大的，又離地面最近，所以只要安置一片跟抽屜底部同樣顏色的活動鐵片，就能夠輕易製造出祕密夾層。

這是老舊辦公桌的優點，也是他教阿豪的方法。

要避免被發現，這個空間不能太大，也不能放太重的東西。他跟阿豪說過，可以把不想被人知道的情報藏在這，但只能有手卡大小，而且不能超過十張。

當他撬開夾層後，確實看見有幾張手卡大小的紙，上面寫滿潦草字跡，但大多數都是時間、日期之類的，文字部分只有地名，沒有名字。

左牧接連看了三四張，都是同樣的紀錄方式，坦白說，光是這些真的沒什麼用處，連重點也抓不到。

在他思考的時候，有道人影悠哉地朝他走過來。

左牧早就從眼角餘光瞄到，在對方靠近之前就無聲無息地把手卡收進口袋，像是什麼事都沒發生一樣。

「看到阿豪的座位亮著燈，差點沒把我嚇死。」

這名刑警靠在隔板上，帶著慵懶的口氣，看起來似乎很累。

左牧關好電腦起身，「那傢伙很執著，案子沒破之前搞不好會徘徊在局裡不肯走。」

「哈哈，說得也是，以前他都是最晚下班的，認真到連女朋友都跑了。」

左牧輕輕勾起嘴角，回憶阿豪的表情。

「他就是這樣的人。」

局裡每個人都將阿豪的努力看在眼裡，對大家來說，阿豪是最認真、也是最有正義感的刑警，所以他的死令許多人惋惜。

「最近都是誰跟阿豪一起行動？」

「是黃哥，不過他老婆最近生了，所以阿豪常讓他提早回家陪老婆孩子。」

「他這樣好人也太做過頭了。」

「就是說啊，黃哥也很自責，如果那天他跟阿豪一起行動的話，搞不好就不會發生這種憾事。」

「……不，恐怕只會多一具屍體吧。」

兩種可能性都存在，所以兩人也沒有否定對方說的話。

左牧將辦公椅推回去靠好，拍拍那人的頭，從口袋拿出巧克力棒。

「辛苦了。」

「你也是。」

對方笑著收下巧克力棒，揮手目送他離開。

左牧獨自走出警察局，往停車場的方向走去。

像這樣沒有被兔子黏著、可以自行自由調查的日子真的是久違了，如此看來，那隻兔子是真的有好好在反省。

不過老實說，左牧雖然不喜歡兔子擅自行動，但是以結論來看，不但有得到線索，也成功保護了阿豪的屍體，羅本甚至抓到一個活口，這次兔子的暴走算是幫了大忙。

左牧傳訊息給羅本，通知他自己大概三十分鐘後會回家，隨即開車駛出停車場。他想著是不是要在回去的路上買點什麼東西，好好獎勵有聽話待在家的兔子，和辛苦看管他的羅本。

靜靜地往前開幾個路口後，左牧盯著後照鏡，隱約發現似乎有輛陌生的車在跟蹤他。

黑色轎車一直開在他的後面，配合車速並維持安全距離，車窗黑漆漆的，什麼也看不見，就連路邊的燈光也照不進去。

左牧皺緊眉頭，連續右轉三個路口測試對方是不是真的在跟蹤他，結果對方仍緊緊黏著他的車尾燈。

這下子可以證明，對方的目標就是自己。

不過左牧的這個測試同時也帶著風險，原本對方還保持安全車距，在這之後突然加速壓上來逼車。

眼看對方的保險桿離後車箱只有不到十公分的距離，左牧也打算出手了。

他故意踩剎車，任憑後車箱遭受撞擊，雖然這樣做會失去速度、車輪也會打滑，但這就是他想要的結果。

往左轉動方向盤，車子立刻一百八十度反轉，以極近的距離和對方的車子擦身而過，猛踩油門在車道逆行前進。

許多車子看到他逆向開車，猛按喇叭地往左右兩邊避開，瞬間交通大亂，但左牧和追上來的那臺黑色轎車都沒有要停下來的意思。

開到下個路口後，左牧立刻轉移到對向車道，接連闖好幾個紅燈。

他沒有時間用手機連絡羅本或是警察，只能思考要怎麼樣甩開對方。但還來不及想出辦法，車頂突然傳來沉重物體墜落的聲音。

他瞪大眼，看見正前方出現一隻拳頭，直接擊破車窗，拉住他的方向盤。失去對車輛的主控權，左牧無法讓車子穩定往前開，只能猛踩剎車，利用反作用力將車頂上的人甩下來。

可是這樣卻沒有半點作用，因為在他踩剎車的同時，黑色轎車立刻用車頭從後面狠狠頂住，打亂他的計畫。

車子往前撞擊路邊的水泥牆，安全氣囊彈出，左牧也因為衝擊力道過大，頭部遭受撞擊，視線開始變得模糊。

鮮血從頭頂漫漫流到眼皮上，耳朵嗡嗡作響，什麼都聽不清楚。

他努力在意識消失前，把原本放在口袋裡的手機轉移到外套的隱藏內袋。

一場突如其來的車禍，嚇得附近居民連忙報警，但是當救護車和警方來到現場的時候，駕駛座上只剩血跡，沒有駕駛的身影。

沒有人知道這裡發生了什麼事，也沒有人看見駕駛離開，附近的監視器也被破壞，唯一能查到的只有車主的名字，以及車子曾遭後車追撞等情報。

BEFORE THE END OF THE GAME

規則三：牢獄之災

ゲームが終わる前に

左牧沒有回家。

羅本收到左牧的聯絡後，等了超過兩小時都不見他回家，情況有點不太對勁。

他打開GPS確認左牧的行蹤，卻發現定位顯示的位置離警局沒有多遠，而且還是在什麼都沒有的路邊。

不需要開口說明，羅本和兔子默契地同時衝出家門，坐上羅本的重型機車，前往GPS的位置。

羅本連闖好幾個紅燈，短短不到十分鐘就抵達目的地。然而他們看到的卻是警車和團團圍繞的封鎖線，以及車頭扭曲變形的——左牧的車。

看到這個場面，羅本不由得皺起眉頭，但第一時間他最擔心的不是左牧的安危，而是兔子會不會暴走。

沒想到兔子異常冷靜，沒有什麼太大的反應，只是一直盯著看而已。

羅本有些擔心地對他說：「兔子，別擅自行動聽到沒？」

兔子沒有理他，仍緊緊盯著左牧的車子。

現在警察有點多，他們沒辦法隨便靠近，只能遠遠觀察。

兩個人的視力都很好，即便夜色昏暗、距離有點遠，他們仍然看得見警方在做什麼。

左牧的手機被放進證物袋，除此之外只有做現場採證的幾位警察，沒有見到左牧的身影。

羅本和兔子在暗中等候警察們完成採證、將車子拖離現場後，才重新回到馬路周邊，在車禍發生的位置進行調查。

兩人都是經驗豐富的追蹤專家，即便無法採證，但仍有一些能搜集的線索。

地上的車痕、散落的尾燈碎片、被破壞的監視器，以及最後車禍的位置，他們很快就意識到，左牧的車曾遭受其他車輛追趕並撞擊。

羅本順便去了趟路口的便利商店，詢問店員關於那場車禍的情報。

這家店正好面對車禍地點，而在說明那場車禍的駕駛是自己的朋友後，店員也很乾脆地將當時看到的狀況告訴他。

「我看到有輛黑色的車子逼車，然後就直接撞上去，我還以為會燒起來。」

「駕駛呢？」

「好像找不到，救護車來的時候沒有找到人的樣子。」因為不久前才向警察回答過相同的問題，店員的記憶還很深刻，就將剛才告知警察的話全都說給羅本聽，「可能是被黑色車子裡的人帶走了，我隱約有看到他們拖什麼東西上車，但那個位置剛好沒路燈，所以我也沒辦法確定。」

「黑色車子後來直接離開？」

「對，沿著對向車道開走。」

跟店員交談完畢後，羅本走出超商，而兔子也已經在騎樓等他了。

羅本戴上安全帽，示意他上車。

「左牧八成是被那些傢伙綁架了，這種手法我看過很多次，不過還是得去調查左牧的車才行，我有想確認的事。」

兔子和羅本騎車前往警察局，由於左牧的車也需要仔細蒐證，所以被送往鑑識科的專屬停車場。

這裡戒備森嚴，但對羅本和兔子來說完全不是問題。

兩人輕而易舉地溜進倉庫，在眾多撞爛的車子和大型物件中，很快就找到左牧的車。

還沒接近，光是看到車子的狀況，兩人的臉色就變得很難看。

擋風玻璃破碎、車頭扭曲、後車箱變形，更重要的是，雖然不是很明顯，但車頂有著些微凹陷的痕跡。

他們只能用肉眼尋找線索，所以能得到的情報有限，不過兩人已經在短時間內大概抓到了方向。

「兔子，是那些傢伙幹的吧？」

兔子從口袋裡拿出手機，直接傳訊息回答羅本的問題。

「先攻擊再撞車。」

羅本摸著下巴思考兔子的意思。

他原本以為是之前想盜走屍體的混混們幹的好事，但兔子懷疑的似乎是其他對象，難道左牧在調查的案子，沒有想像中單純？

「車內有血跡，以血量來看不太妙。」

「我們去問你抓來的人。」

「問他？他會有我們要的情報？」

「利用他。」

羅本終於看懂兔子想要做什麼，驚訝之餘也開始考慮這個方法的可行性。

他原本是想說可以去問王學承，對方應該正在為左牧的失蹤而傷透腦筋，或許可以互相幫助。

不過，兔子的方法似乎更快。

「就照你說的來。」

羅本領著兔子離開後，直接騎車前往某棟廢棄房屋，這是他暫時安置那名竊盜阿豪屍體未遂的黑衣人活口的地方。屋內除了破舊的床墊之外，只有準備一瓶水和從超商買來的幾個麵包，環境又臭又潮溼，甚至還有蟑螂爬過，完全不是人能住的地方。

被羅本棄置在這裡一天的男人，雙手戴著手銬，被釘在牆壁中的鐵鍊栓住。雖然他能夠在房間內自由移動，但沒辦法接近窗戶，只能在床墊周圍活動。

明明已經給了對方足夠的空間和糧食水源，可是當羅本及兔子回到這裡的時候，男人卻已死亡多時，屍體上爬滿蟑螂和蒼蠅。

羅本看著躺在床墊上，雙眼翻白、口吐白沫，已經沒有氣息的男人，只覺得頭痛不已。

兔子原本是想從這傢伙口中問出唆使者的相關情報，再喬裝成黑衣人的一員，假裝已經取得阿豪的屍體，直接和主謀見面。

想要回收阿豪屍體的人和抓走左牧的人，有很大機率是同一位，所以羅本才會認為兔子的辦法可行。但如今好不容易活捉的線索就這樣沒了，他們也就沒有任何手段可以找到左牧了。

「嘖，居然被殺了。」

羅本撬開屍體的嘴、轉動頸部，在後頸位置找出死因。

有藥物注射的痕跡，看來不是事先藏在體內的毒藥，而是由旁人注入。從男人骨折的肩膀和手腕上的瘀青，可以判斷應該不是出於自我意願。

簡單來說，男人是被人殺害的，為的就是不讓任何情報外洩。

他把人帶來這種偏僻的地方，照理來說不可能被發現。更何況他轉移黑衣人的時候都有留意，不可能留下任何線索。

對方到底是怎麼知道的……

「抱歉，兔子，我沒想到會變成這樣。」

兔子低頭傳訊息給他。

「我知道是誰。」

羅本很驚訝，考慮到兔子不同尋常的態度，他合理地產生懷疑。

「你該不會打從一開始就知道左牧在找的人是誰？」

「不是誰，而是什麼。」

「意思是非個人，而是兩人以上的犯罪團體？」

兔子有些猶豫，遲疑許久才又傳訊息給他。

「困獸。」

簡單的兩個字，卻讓羅本立刻抬頭盯著兔子。

「媽的，你沒在開玩笑吧！」

「沒有。」

「你怎麼會知道那個組織？不……應該說你怎麼能這麼確定？」

「屍體的傷口、手法、行動力。」兔子慢慢打出這幾個詞，接著寫道：「只要他們想，沒有殺不了的人。」

羅本嚥下口水，忍不住打冷顫。

困獸，全名為dungeon beast，是全球無人不知無人不曉的國際犯罪組織，身為前軍人的他當然也有聽說過，只是從沒親眼見過。

從這個組織訓練出來的人，有可能是傭兵、也有可能成為殺手或是殺人魔，不論是哪種，他們都會忠於自己的買主，將「主人」的命令視為一切，而這些人的實力更是超出常人，無法用正常觀念來應對。

這個組織行事謹慎，所以「困獸」的存在相當於都市傳說，大部分的人都覺得不是真的，只有少部分的人知道他們確實存在。

關於「困獸」的情報少得可憐，羅本當然也不是很清楚，所以沒想到竟然會從兔子這裡看見這個組織的名字。

「兔子，別告訴我你跟『困獸』有關係。」

羅本冷汗直冒，用冀望的眼神看向兔子。

兔子默不作聲，但他認真的表情，以及那冷冽的目光，卻已經給出了肯定的答案。

羅本頭痛扶額，大口嘆息。

該死，真的只要跟這兩人扯上關係，就絕不會遇到什麼好事。

沉重溼氣帶點腐朽的氣味，空曠安靜的空間中沒有燈光，只有從窗外、破裂的牆縫照射進來的陽光。被陰影籠罩的面積有不少，但至少不是全然黑暗、與外界完全隔離的封閉區域。

左牧手持著隨手撿來的鐵棍，大膽地走在走廊正中央，除自己的腳步聲之外，就只有蟲鳴鳥叫，但次數非常稀少。

走廊左右兩側都是鐵牢，有些牢門緊閉，有些則是大開，裡面充滿惡臭，蟑螂、老鼠隨處可見。牢房牆面上最貼近天花板的位置都設有小小的窗口，但全被鐵桿焊死，沒那麼容易切斷。

沿著看不見盡頭的走廊，左牧終於來到一處被雙層鐵門隔開的地方，在對面是比較明亮乾淨的空間，也沒有任何牢房。

「總算找到了。」

渾身疼痛的左牧，雖然沒有受太重的傷，但身體有多處擦傷，腦袋也微微暈眩。

他睜開眼的時候就發現自己被丟在這個地方。剛開始他的大腦還沒辦法跟上狀況，記憶仍停留在車禍撞擊的那一刻，直到終於能夠思考後，他才意識到自己被人棄置在空無一人的牢獄中。

他躺在其中一間牢房的床上，周圍沒有半個人，也沒有任何聲音。

全身的骨頭都像是要散架了，但左牧還是努力爬起來，慢慢走出牢籠。

「……真的假的。」

他實在不敢相信，自己竟然在不知名的監獄中。抬起頭完全看不到出入口，周圍就只有沿著四面牆壁延伸的無數牢房。

左牧不知道這是哪裡，就在他想拿手機來確認位置時，卻發現手機不在身上。現在他是真的被孤立了，不但沒辦法向外求援，也不知道自己到底在哪，甚至連時間也無法確定。

他只知道，這個地方絕對不是在市區。小鐵窗外沒有任何城市噪音，而且從窗戶和牆縫能看到外面雜草叢生。

想確認的話，就只能想辦法離開牢房區域，幸運的話，搞不好還能找到與外界聯繫的方法。

但左牧仍有些猶豫，因為他不知道把自己抓來這裡的那伙人是誰。從爬上車頂攻擊他的情況只能知道，敵方的同伙當中，有身手相當敏捷的人。

把他抓走而不是滅口，甚至不管他的死活，將他直接遺棄在這，怎麼想都覺得奇怪。

比起想放生他、讓他自生自滅，左牧更覺得對方是把他當成玩物丟在這裡。

總而言之，他得盡快離開，待得越久他的處境會變得越危險。

牆壁雖然有裂縫，可是一、二樓的破口都很小，三樓以上的牆壁倒是有能容人穿過的大小，只不過底下全都被樹林遮掩，沒辦法確定掉下去會撞到什麼。而且以左牧現在的狀況，從三層樓高的地方跳下去完全是自討苦吃。

無可奈何，他只能從內部找路，花時間繞過每層樓之後，終於在三樓走廊末端找到了一組雙層鐵門——也就是出入口。

對面的鐵門開著，但很可惜，他面前這扇雖然沒上鎖，卻用鐵鍊牢牢綑住，能夠打開的大小根本無法讓人進出。

左牧稍微觀察鐵鍊，發現它生鏽的程度還挺嚴重的，就用手中的鐵棍強行撬斷。

結果很順利，他終於離開了冷到讓人心慌的牢獄空間。

過這一組鐵門之後，四周看起來比較正常。完整的玻璃窗戶、乾淨的走道，雖說從灰塵的堆積成度能看出這裡已經棄置多年，但至少給人的感覺比監牢好一點。

他終於找到視野比較好的窗戶，同時也證實了剛才的猜測。

一眼望出去，窗外是一片鬱鬱蔥蔥，城市則位在遙遠的地方，房子小得像沙粒，而且通往這棟建築的只有一條單行道，車道窄到無法讓大車通過。

「私人監獄嗎……」

左牧忍不住往這個方向猜測，畢竟政府單位中可沒有這樣的小監獄，更不可能蓋在這種荒郊野嶺。

他沿著樓梯往下走，透過玻璃窗查看樓層內每間房裡的東西，雖然有室內電話跟電腦，但是建築本身沒有通電，無法使用電器。

來到一樓後，正門是敞開的。左半邊的門板不見蹤影，右半邊則搖搖欲墜，彷彿隨便一陣風就能吹掉。

他感覺自己真的是被丟棄在這裡了，沒水沒食物沒電，如果被困住，就算綁架他的人沒有殺他，他也不可能在這種地方活下去。

左牧實在沒辦法，只能賭賭看能不能趁天色還亮的時候離開，再怎麼說他都是從那座死亡之島活著回來的男人，這點困難根本不算什麼。

不過——

左牧從腳邊撿起手掌大的碎水泥塊，輕輕往門口的方向扔過去。

水泥塊在飛出門的瞬間，不知道被從哪裡來的子彈貫穿，瞬間粉碎。

左牧皺起眉頭，雖然他猜到應該會有陷阱，卻沒想到居然是槍。而且以剛才那發射擊的準度和反應速度來看，恐怕是自動瞄準。

由系統控制的話，才能如此精準地捕捉到物體的移動，人眼很難做到。

他又撿起幾塊碎水泥，再次扔出門外。

水泥塊全被完美命中，這下左牧更加肯定自己的猜測。

「看來要從大門出去是不可能的。」

槍枝應該有經過消音處理，槍聲不大，所以很難確定武器的數量和位置。雖說從大門逃出去是最快的，但左牧再怎麼樣也不可能跑得贏子彈。

頭越想越痛，甚至覺得自己產生幻覺，好像聽見電話鈴聲從空蕩蕩的走廊傳來。

他甩甩頭，再次仔細確認，這才發現不是幻覺，真的有鈴聲。

因為室內很空曠，鈴聲迴盪在整棟建築中，導致很難確認來源位置。不過鈴聲一直響，所以左牧能夠從聲量大小來判斷走的方向正不正確。

終於找到傳出電話鈴聲的房間，走進去後，鈴聲突然停住，就像是有人在暗中看著他。

很久沒有這種被監視的感覺，彷彿再次回到那座孤島。

只不過這回，左牧的身邊既沒有兔子，也沒有羅本。

隱約覺得對方故意引導他來這裡，左牧也很大膽，大大方方地在裡面走來走去。

說真的他好想休息，但危機意識讓他沒辦法放鬆戒備，頭也痛得受不了。

他覺得額頭溼溼的，下意識一摸，沒想到手上竟然全都是血。

「怪不得頭這麼痛。」

血已經凝固，這算是好消息，至少沒有繼續流血，否則在餓死前他就會先因為失血過多死亡。

就在他低頭看著手上的鮮血時，突然發現胸口好像有紅點。

瞬間腦內警鈴大作，就在他想著「死定了」的同時，耳邊傳來槍響。

狙擊從窗外射進來，接著是步槍開始掃射，將整個房間裡的東西全部打爛。

射擊維持兩三分鐘後才終於停止，屋內回歸一片寧靜。

但，左牧卻不在這滿是彈孔的房間，像是憑空消失般不見蹤影。

剛從槍彈雨林中回過神來的左牧，愕然發現自己不知道什麼時候被壓倒在地。一個陌生人用身體護著他，兩人緊貼著地面，靠在離窗口最近的牆壁底下。

左牧原本想在槍聲結束後起身，對方卻用力壓住他，不讓他移動。

趴地的姿勢讓左牧完全看不到此人是誰，也不明白他是從哪裡進來的，又為什麼要幫助自己。

種種的困惑加上差點死在槍下的衝擊，讓左牧因失血而遲鈍的腦袋，開始運轉起來，但同時也帶來劇烈的疼痛。

「唔嗯……」他摸著額頭，皺起臉來，忍不住低吟。壓在上方的人迅速摀住左牧的嘴，不允許他發出聲音。

就這樣維持幾分鐘後，這個陌生男人單手環住左牧的腰，攙扶他離開房間。

左牧終於可以看清楚對方，卻只能隱約見到側臉。

男人穿著黑衣及黑褲，以上衣兜帽罩住頭，口鼻則是用黑色口罩遮住。

左牧才剛看幾秒，那雙紅色瞳孔就迅速轉過來盯住他。

黑衣男將他帶到沒有窗戶的房間，這裡堆放著許多物品的鐵架，應該是儲物間或休息室之類的地方。

房間雖然只有小小幾坪，但是有沙發可以休息。

黑衣男讓左牧半躺在沙發上，接著從旁邊的櫃子裡拿出醫藥箱。

「不要亂動，我幫你做緊急處理。」

左牧起先還不知道他在說什麼，直到對方用力壓住他的左肩，強烈的疼痛讓他迅速集中精神。

「好痛！」

「你很幸運，子彈貫穿身體，沒有留在裡面，不然我就只能強行掏出來了。」

直到聽見他這麼說，左牧才發現自己中彈了。

「這真是不幸中的大幸。」

在那麼多發子彈之下，他竟然只中一槍，真的只能說是運氣好。

另外就是，黑衣男的速度比那些人扣扳機的速度還快。

「要是不趕快接受醫療處理的話，你活不了多久。」

「不用你說我也知道。」

左牧有氣無力地反駁。

從昨晚的車禍到現在，他已經不知道流掉多少血，無論是體力還是精神，都沒有辦法撐太久。

黑衣男從醫藥箱裡拿出止痛藥給他，左牧沒有多想便直接吞下肚。

他毫不猶豫的態度令黑衣男恥笑，「為了活命，連基本的防備心都沒有了嗎？」

「像你這種人，不可能會花心思幫助半死不活的人之後再毒殺他。」

「別說得好像一副跟我很熟的樣子。」

「既然沒有幫助我的理由，那你又為什麼要救我？」

「……沒有為什麼。」

「看來是有理由的吧。」

左牧簡單幾句話就確定對方是來保護自己的，或至少是不想讓他死在這裡。

雖說是初次見面，但現在，左牧只要能確定這點就足夠了。

他抬起頭與那雙紅眸四目相交，完全沒有迴避，也沒有感到害怕。

明明左牧已經半死不活，可是他的眼神既堅定又認真，黑衣男見狀，也就不再用漫不經心的態度面對他。

「我會讓你活著離開這裡。」

「果然有其他出入口？」

「有，在地下室。」黑衣男雙手環胸，態度十分傲慢，「原本我打算在大門口就把你帶走，沒想到你竟然知道門外有陷阱。」

「只是碰巧猜到了。」

「哼，『碰巧』嗎……」他並不這麼認為，不理會左牧的回答，繼續說下去：「他們原本也以為你會走大門，知道你發現陷阱後，才改備用計畫，把你引誘到指定房間裡直接狙殺。」

「我就想會是這樣。」

「你明明看起來很聰明，沒想到會中這麼簡單的陷阱。」

「我昨晚可是遇到車禍，不但頭上破了個洞，還流了一大堆血，光是維持思考能力就已經很勉強，更不用說還得當下做出正確判斷。」

如果狀況允許，左牧恨不得現在立刻昏睡。但他知道，想要活著離開這個鬼地方，就必須維持清醒，所以他才拚命咬牙撐到現在。

「藉口一堆……算了，我也懶得管這麼多，但現在你必須活著，不能死。」

「看來我對你還有利用價值。」

「知道的話就給我站起來，別浪費我的時間。」

黑衣男催促著，根本不打算讓他休息。

左牧用力拍拍臉頰，提起精神，從沙發上站起來。

「走吧。」

黑衣男點點頭，確認安全後，帶著左牧衝出房間。

當他們經過剛才那間滿是彈孔的房間時，門後突然冒出幾名持手槍的男人。

速度快到沒辦法看清楚那些人的長相，一照面就立刻展開攻擊。

左牧根本不可能閃得過這麼快的速度，呆站在原地，黑衣男卻直接拉住他的衣領，以他為中心將攻過來的敵人全部踹飛。

「發什麼呆！你想死嗎！」

黑衣男咬牙切齒地低吼，不知道從哪拿到一支手槍，塞到左牧的手中。

左牧原本還有點茫然，但在收到槍的下一秒便看見敵人的身影從黑衣男腦後冒出來，當下什麼都沒想，迅速舉槍瞄準。

「碰」一聲槍響，子彈擦過黑衣男耳邊，精準命中偷襲者的肩膀。

雖然因為狀況不佳，命中率稍微下滑，但左牧還是開槍打中了敵人。

不過，這槍像是沒有造成任何影響，偷襲者繼續前進，但黑衣男直接轉身，一掌將對方的槍管往上推，順勢把人摔飛出去。

很快地，其他敵人又補上來，不打算給予喘息的空間和機會。

黑衣男根本不想跟這些人浪費時間，抓住左牧，把他整個人抱在懷中，以靈敏的步伐穿過敵人之間，輕而易舉地擺脫包圍。

他們很快就消失在這群人的視線裡，但前方卻還有第二批人。

「嘖！」黑衣男不快地咋舌，緊急煞住腳步，轉而進入旁邊的房間。

左牧不懂為什麼要這樣做，明明待在房間裡更容易被圍剿，黑衣男不可能不知道。

他的懷疑很快就被推翻，因為牆壁上竟然有直通到隔壁房間的大洞。

從走廊根本看不到這面牆上的破洞，黑衣男約莫也是知道這點，便利用視線死角來移動。

令左牧意外的是，黑衣男似乎很熟悉這座監獄的構造，甚至連牆壁破損的位置和能夠躲藏的地方都一清二楚。

無論是剛才的儲藏室，或是現在這個房間，彷彿只要有他在，就不可能找不到出路。

兩人很快就甩開一樓的追兵，來到樓梯間。

黑衣男說他是從地下室進來的，可是通往地下室的樓梯卻完全毀損，只剩下連接一樓地面的三階。無光的地下室伸手不見五指，根本沒有辦法確認跳下去後會落在什麼樣的地方。

但是，黑衣男毫不猶豫就這樣帶著左牧跳入黑暗，並且穩穩地踏在地上。

落地的時候有點水聲，加上潮溼的霉味，甚至偶爾還能感覺到有水滴到他的臉頰，整個就是會讓人感到不舒服的空間。

黑衣男沒有停留太久，他不需要光線，也不需要別人幫忙指路，就像是在黑暗中也能看得一清二楚般快步跑起來。

在他們身後可以聽見踩水的聲響，看樣子敵人已經追上來，而且跟黑衣男一樣能夠自由地在黑暗中前進。

當第一聲槍響傳來，同時聽到子彈射入水中的聲音後，左牧不禁捏了把冷汗。在這種狀況下開槍？不是在開玩笑吧！

但左牧現在也只能乖乖讓黑衣男抱著跑。他的體重明明不算輕，但黑衣男抱起來就像是完全沒重量一樣，左牧不由得聯想到了兔子。

接著又有無數發子彈射向他們，因為看不到、純粹只有聽覺，所以更令人感到恐懼——左牧已經分不出來對方是在胡亂射擊，還是子彈全被黑衣男閃過。

長時間處於黑暗中會失去判斷方向的能力，同時也會增加害怕的情緒。雖然手中握有槍枝，但也沒有多大意義，因為左牧根本無法開槍反擊。

忽然，黑衣男停了下來，整座地下室安靜到只能聽見對方踩水的聲音，而且很明顯的，正在慢慢逼近他們。

左牧不知道他想做什麼，眼睛雖然已經稍微習慣黑暗，但能看到的還是有限。

黑衣男將他慢慢放在地上，什麼都沒說，不過左牧明白，現在最好什麼都別問。

接著他感覺到黑衣男離開自己身邊，幾分鐘後，那些逼近的腳步聲一個個消失，直到鴉雀無聲。

左牧不知道黑暗中發生了什麼，只能默默待在原地等待。

一隻手無預警地搭上左牧的右肩，差點沒把他嚇到魂飛魄散，接著就傳來黑衣男的調侃。

「膽子真小。」

「你把他們殺掉了？」

「不殺掉的話會很麻煩。」

黑衣男懶得跟左牧說太多，直接把他從地上拽起來。

左牧感覺自己的傷口好像有點裂開，尤其是左肩的槍傷，血都還來不及完全止住就急著移動，會變成這樣也是理所當然。

黑衣男對左牧的態度很粗魯，不過還是放慢腳步，讓左牧拉著自己的衣角摸黑前進。

沒走多久，眼前出現一條條黑色柱狀物，仔細看似乎是鐵欄杆。

「那些傢伙知道我們會從這溜走，但是從上面到這裡的話需要點時間，所以我們動作要快，必須在他們趕到之前離開。」

左牧已經沒什麼力氣回答，就這樣繼續跟著黑衣男。

推開鐵欄杆之後，他們來到像是洞穴的地方，剛拐過前面的彎路，刺眼的光線便直逼左牧的雙眼。

黑衣男的眼睛對陽光的刺激完全沒有任何反應，反到是左牧，眼前一片白光。

終於、終於可以離開了——

左牧這麼想著，和黑衣男一起走出洞口。

可是他的喜悅維持不到短短一秒，因為洞穴外已經被敵人團團包圍起來。

所有人穿著統一的迷彩衣和軍靴，面無表情，就像是沒有情感的人偶。

他們眼中存在確確實實的「殺意」，而這些目光，全部集中在他跟黑衣男身上。

黑衣男立刻將左牧護在身後，慢慢退回洞穴，可是身後傳來的腳步聲，很快就讓他打消念頭。

剛才在一樓攻擊他們的人將洞穴內的退路完全阻斷，在前後夾擊的狀況下，黑衣男和左牧別無選擇。

「嘖……人太多，果然還是有點棘手。」

黑衣男可不想讓自己的時間就這樣白白浪費，這樣他冒著風險跑來幫助左牧，就會變得完全沒有意義。

在這進退維谷、無法動彈的狀況下，突然從樹林中傳來槍響。

面前的敵人完全沒有注意到危險，就這樣被子彈貫穿腦殼，倒地不起，正當所有人心裡一驚的時候，在槍聲之後出現的，是一道雪白身影。

他一手一個抓住敵人的後頸，靈活地穿梭在人群中，任由鮮血飛灑，眨眼間就將所有人的喉嚨割開。

黑衣男二話不說，轉身對付洞穴中的那批敵人，兩人就這樣一前一後，只花了不到一分鐘就將所有敵人殲滅。

左牧看著全身染血、熟悉到不行的那張臉朝自己走過來，緊張的心情才終於放鬆下來，用有氣無力的聲音說道：「兔……子……」

兔子睜大雙眸，迅速衝過來抱住左牧，像是要把他整個人揉進身體裡。

安心又溫暖的懷抱，讓左牧知道他安全了。

同時也覺得自己快要被兔子抱到骨折了。

BEFORE THE END OF THE GAME

規則四：黑衣男與兔子

ゲームが終わる前に

兔子和羅本出現得出乎預料，誰也沒想到，半路會殺出這兩個程咬金。

兩人由於擔心左牧的性命安危，在左牧車禍當天，確定他被人拐走後，便用最短時間、最快的速度找出左牧的下落。

即便平常感情再怎麼不好，但只要配合起來，默契絕對不遜於任何人。

他們從警局離開後，便立刻採取行動。雖然兔子很確信是「困獸」這個組織幹的好事，不過羅本還需要更多的證據來確定。

於是他們回到車禍現場附近，調查「監視器」。

雖然車道附近的監視器都被子彈摧毀，但在這種情況下，絕不可能毀掉所有監視器，也沒有那個時間刪除檔案，所以羅本預估警方應該會從這部分開始搜查，但是那樣做太慢。

綁架受害者有所謂的「救援黃金時間」，最怕的就是這種沒有任何條件交換的綁架案，更何況對方綁的還是刑警。

羅本和兔子所持有的技能和經驗，絕對不輸給警方，尤其是當兔子說出組織名稱後，羅本知道，每過一分鐘左牧的死亡機率便會隨之提高。

一想到兔子很有可能跟「困獸」有關，羅本就開始胃痛。

他暫時不去想這件事，開始以周圍店家的監視器做為目標展開調查。

雖說監控畫面因為角度問題沒有拍到綁架犯把左牧帶走的畫面，車牌也是偽造過的、無法追蹤，不過要找出可疑車輛離開的方向還是足夠的。

羅本和兔子靠著這點，拼湊出車子的移動路線，連綁架犯在中途換車，再掉頭開入深山的部分都發現了。

只不過，山中沒有監視器，又有許多小路、相當複雜，害他們花費不少時間追蹤蛛絲馬跡。

原本可能找一整天都找不到，可是兔子似乎想起了什麼，突然擅自跑走，羅本也只能跟在他後面。

結果沒想到，兔子帶著他來到這座看起來像監獄的建築物，而周圍也有不少人持槍隱藏在樹林中。

起先羅本下意識認為這些都是「困獸」訓練出來的專業殺手，可感覺又不太像。如果真的是像都市傳說一樣存在的殺人組織，不可能這麼輕易就讓他發現。

而且根據傳聞，「困獸」培養出來的傢伙，基本上都是單獨行動，但這些人看起來像是訓練有素的行動小隊。

不但如此，靠近建築的地方還設有自動機槍，槍口全都對準大門，就像是不打算讓任何人活著「走」出那扇門。

兔子突然低頭打字，羅本立刻知道他想幹嘛，拿出手機。

「監獄。」

「看起來不太像。」

「以前我來過。」

羅本嘆口氣，「怪不得你這麼熟悉。」

這下他能明白為什麼兔子會突然把自己帶來這裡，只是，左牧真的在裡面嗎？

正當羅本心中開始猶疑，沒想到就看見左牧出現在大門口。

羅本冷汗直冒，不愧是左牧專屬的GPS，還真的找到人了。

雖然有點距離，但羅本還是能透過狙擊鏡看清楚左牧的情況。臉色有些蒼白，不過還算過得去。

羅本小心瞄準門口，就怕左牧不知道狀況而走出大門，成為槍下亡魂。不過左牧卻突然撿起東西往門外扔，輕而易舉就察覺到自動機槍的存在。

這讓原本舉起槍的羅本不禁感慨，這男人不管在什麼情況下都很有一套啊——

「看樣子應該不用太擔心他。」

羅本才剛這麼說，就被兔子用手狠狠拍打後腦勺，差點沒讓他扭到脖子。

「痛！你幹嘛啊！」

兔子面無表情，眼神冷冰冰地狠瞪，把自己的手機螢幕貼近他的臉。

羅本眨眨眼，看見他用手機寫道「左牧有危險」這五個字。

廢話！

要不然他們也不會跑到這種地方來！

他真的不懂兔子想表達什麼，但他似乎完全不擔心自動機槍會傷到左牧，就像料到左牧能夠避開一樣。

這傢伙已經不是GPS，根本就是左牧肚子裡的蛔蟲，連他在想什麼、打算做什麼都能預判嗎？

羅本不由得渾身打冷顫。

他原本以為兔子會直接衝進去，把所有自動機槍毀掉、再將隱藏在樹林裡的敵人全數殲滅。

然而兔子卻沒有行動，反而是在左牧回到室內看不見的地方後，再次用手機跟羅本溝通。

「跟我來。」

羅本眨眨眼，盯著手機螢幕上的字，真心不懂兔子在想什麼。

他還以為兔子知道什麼安全的後門之類的，結果沒想到對方直接下到山腰，當然，走的完全不是人能走的路，沿著傾斜的坡面，重新爬到那棟建築幾乎正下方的位置。

這裡有座洞穴，以距離和高度來看，感覺可以通往地下室之類的地方。不過，同樣盯著這個洞穴的並不只兔子和羅本，兩人早就發現樹林裡有與建築物外同樣穿著打扮的敵人。

兔子再次用文字訊息和羅本對話。

「是『困獸』的人。」

「真的假的？你看得出來？」

「跟我不一樣。」

「不一樣？難道組織內部還有區分？」

「這些都是劣質品。」

兔子說的話不是很好懂，但如果把這些句子全部加起來的話，羅本大概可以理解他想表達什麼。

就算是組織訓練出來的殺人魔，也是有所謂的「優劣」之分啊——這樣想想，真的挺可悲的，可羅本才沒有那個美國時間感傷。

無論優劣，他們所受的訓練都是一樣的。若說兔子真的是「困獸」訓練出來的話，那麼就要有敵人全部都有那種恐怖實力的心理準備。

羅本正思考著怎麼做比較好，兔子卻像是察覺到什麼，突然豎直背脊，放大眼瞳，雙目緊盯洞口。

羅本都還來不及看清楚發生了什麼事，兔子就突然消失在他面前，以最快的速度從敵人之間穿越過去。

「該死！那隻笨兔子又給我擅自行動！」

羅本迅速將背在身後的狙擊槍挪到胸前，根本來不及找地方架槍，就這樣直接瞄準兔子前進的方向。

他找出射擊的最佳角度，扣下扳機，單用一發子彈就貫穿敵人的腦殼，幫助兔子更快衝出樹林來到洞口，而他則是因為後作用力的關係，雙手麻到不行。

不過，羅本剛才開的槍已經曝露自己的位置，在這種空曠山區開槍的話，就算他有裝削弱槍聲的裝置，還是馬上會被發現。

得在被敵人圍剿前離開才行，他們只是來救左牧，不是來打仗的啊。

兔子將左牧抱在懷中，咬牙切齒地瞪著一臉無奈的黑衣男。

他們周圍全是屍體和鮮血，若是有沒斷氣的，黑衣男就會走過去順手解決。

這兩人之間的空氣沉重到讓人難以呼吸，劍拔弩張的氣氛讓羅本的腸胃又開始發出咕嚕咕嚕的聲音。

以後他絕對要隨身攜帶胃藥，每次搭上這傢伙都把自己搞到快瘋掉。而且不知道為什麼，在兩人把左牧救出來之後，這個黑衣男就自動跟了上來。

推測趕不走，羅本也就沒說什麼，左牧則是因為失血過多加上槍傷而開始發燒，根本沒有力氣去管他們的事。

先不理這兩個笨蛋，他們首先要想辦法活著離開這座山才行。

剛才在洞口埋伏的敵人和在建築外面見到的是不同批，也就是說很有可能還有更多敵人隱藏在附近，隨時都有跟他們接觸的可能。

羅本靠過去，低聲對兔子說：「兔子，我來抱左牧。」

原本以為兔子不會立刻答應，沒想到他卻老老實實地把左牧交給他。

羅本扛著狙擊槍，將左牧橫抱在懷中，繼續說道：「周圍的警戒交給你，左牧要盡快接受治療才行，不能再拖了。」

兔子點點頭，聽話的模樣令一旁的黑衣男驚訝不已。

剛開始光聽見羅本喊「兔子」就已經十分錯愕，沒想到那傢伙竟然還乖乖順從「主人」之外的人，這讓黑衣男開始對羅本感到好奇。

難道是自己判斷失誤？這傢伙才是他的「主人」？

「有什麼話之後再說。」

羅本老早就注意到黑衣男觀察自己的視線，說真的有點煩。雖然他沒有看穿別人內心想法的超能力，但，他知道對方絕對是在想什麼麻煩事。

黑衣男同意羅本的話，「我帶你們走安全路線下山，山裡有許多警報器，得繞過去才不會被追蹤。」

對方說得很容易，羅本同樣也懷疑著他的身分，不過正如同他剛才所說，現在不是討論這些問題的時候。

「麻煩了。」

「嗯。」

簡單的回答後，黑衣男在前面帶路，而兔子和羅本則並行在後。

黑衣男和兔子一樣，帶羅本走的路線都不是人能走的，甚至還一度穿越溪谷，簡直就像是回到那座該死的島上。

不過，他們的撤退路線並不如想像中平靜，沒過多久，兔子和黑衣男便同時察覺危險。兩人二話不說，手腳俐落地爬到樹上，拋下了羅本和左牧。

明明被拋棄，但羅本並不擔心，只是站在原地，仔細觀察周圍樹林。

他好歹也是名狙擊手，視力好得很，輕而易舉就發現林中的人影。

四個……六個……不，總共有九個人？

不知道該不該慶幸，敵人數量比想像中少一些，但也有可能是分散去搜索他們的下落，所以人力比較不集中。

樹林裡很安靜，只聽得見風聲，完全沒有腳步聲，可是敵人確實存在。

當羅本的眼角餘光閃過從背後偷襲的黑影時，藏在樹上的黑衣男跳下來，雙腳狠踩對方的後背，就這樣用力把偷襲者踩倒在地。

就像是發動襲擊的信號一樣，其他敵人全都同時攻過來。

他們穿著跟洞口那群人同樣的服裝，但是沒有持槍，而是以小刀作為武器，就跟兔子一樣。

黑衣男後仰閃過攻擊，接著用力把羅本推開。

羅本沒站穩，往前跳了兩下，才剛抬起頭就看到眼前有個敵人。

他急忙蹲低閃避，趁機用肩膀頂住對方腹部，雙腿一蹬將對方撞向後方的樹幹。

敵人雖然暫時被限制住，可是手裡還揮著危險的刀，不過，羅本也沒打算就這樣結束。

他用右膝頂住左牧的身體，左手扶著他的肩膀，維持平衡。空下來的右手從腿上的槍套抽出手槍，朝對方的雙腳開槍。

腳背被擊中應該會難以站立，以及因劇烈的疼痛慘叫才對，對方卻完全沒有反應，反而握緊刀柄，往羅本的後腦杓刺下去。

刀刃還來不及碰到羅本，兔子就突然從旁邊衝過來，一刀割斷對方拿刀的四根手指。

即便如此，這個男人仍沒有發出任何聲音，無視被砍斷的手指，迅速握住下墜的小刀。

羅本察覺到動作，先一步往後拉開距離。而當他抱著左牧退開後，才看見兔子已經抓住對方的腦袋，一次又一次地重擊樹幹，直到頭殼破裂為止。

兔子沒有看羅本一眼，也不在乎他們，轉而繼續攻擊下個敵人。

羅本已經很久沒見到兔子這副殺紅眼的模樣，他收回手槍，重新抱起左牧跟在兔子身後。

他不能離這兩人太遠，也不能離開戰鬥區域，若是現在落單逃跑或是躲起來，反而會讓他們更難回援。

只不過，無論是兔子還是黑衣男，下手都毫不留情，完全不打算留活口。

在這種情況下，羅本也不好給什麼意見，就交給兔子自行判斷。

畢竟他對於「困獸」這個組織幾乎一無所知，若兔子真的和他們有關，讓兔子來處理是最安全的決定。至少羅本很肯定，兔子絕對不會傷害他或是左牧。

至於那名黑衣男——恐怕也跟「困獸」脫離不了關係。

「事情變得麻煩起來了。」

「……你是指敵人嗎？」

耳邊突然傳來說話聲，差點沒把羅本嚇死。

他轉過頭，發現黑衣男竟然貼在自己的臉頰旁邊，用冷冰冰的眼神盯著他。

羅本很快就冷靜下來，回答：「這不是理所當然？」

黑衣男瞇起眼眸，開始打量羅本。

被他這樣看真的會讓人頭皮發麻，說真的羅本超想溜，但直覺告訴他這是不可能的事。

忽然他的衣領被人往後用力一扯，整個人與黑衣男拉開安全距離。

羅本滿頭問號，但為了保護懷裡的左牧，又不得不小心站穩。要是因為他的關係而讓左牧多了一點小擦傷，兔子絕對會把他的皮剝下來。

他將頭部往後仰，看見拉走他的人是兔子。

兔子一臉不悅地瞪著黑衣男，似乎很不喜歡他，可是又不太像。

羅本直覺認為，這兩個人應該互相認識。

兔子和黑衣男身上都是鮮血，但兩人都沒有受半點傷，很明顯，這些血跡都是來自那些被他們解決掉的敵人。

黑衣男無視兔子的怒目，轉身說道：「剩下的等到目的地再說。」

羅本有點懷疑黑衣男所謂的「目的地」是哪裡，但是沒有開口問，兩人繼續跟著他離開這座山。

一路上他們仍有遇到敵人，但數量變得很少。

兔子和黑衣男各打各的，就像是在競賽，看誰解決掉的人更多。

羅本身為旁觀者，對於這樣的畫面真心覺得有點恐怖，就連身為前職業軍人的他也忍不住捏把冷汗。

最後他們三人跨過小溪，來到隔壁山域。

黑衣男帶他們從隔壁的山區離開，這裡的話就不用擔心會有追兵或是監視器，但他們心裡很清楚，對方絕對不會善罷干休。

無論如何，他們這伙人是跟對方槓上了，就算不願意也還是得接受這個事實。

剩下的，就等左牧清醒後再來考慮吧。

左牧醒來後，發現自己躺在病床上，傷口都已經接受治療，但由於身上有槍傷，醫院很快就將他的事情通報給警方。

據醫生說，帶他來急診室的是個男人，不過並沒有留下聯絡資料。

左牧猜測應該是羅本帶他來的，在昏過去之前，他記得有見到兔子，如果他在這的話，那麼羅本應該也在。

他清醒後跟負責調查的警察說出自己的身分，並把王學承的電話告訴他們。

因為左牧看起來並不像是幫派分子或是走私犯，所以警察對於他的槍傷特別留意。

按照左牧提供的電話，警察很快就聯繫到王學承。

王學承匆忙趕到醫院，發現左牧還活著的時候，才終於放下心中的大石頭。

「你真的快把我嚇死了。」

「開什麼玩笑，我哪有這麼容易被殺掉。」

「看到那樣的車禍現場，我的心都涼了一半，你還跟我嘻皮笑臉。」

「我沒想到對方會這麼正大光明把我綁走嘛。放心，我不會再讓他們得逞了。」

「這種是可不是你說了算，現場幾乎沒有留下可用的線索，一看就知道是專業的。」王學承邊說邊把切好的兔子蘋果塞進左牧的嘴裡，「你是命大才能活下來，不要再僥倖想著每次都能逃得過。」

左牧邊嚼邊說：「你真的越來越愛碎碎念了。」

「我是擔心你好嗎！」刑警不爽反駁，繼續往他嘴裡塞蘋果，不給他開口的機會，「你真的不記得自己是被誰帶過來的嗎？」

「……不記得。」

「那是誰救你的？」

「我都昏得那麼徹底了，你覺得我會記得這些事嗎？」

王學承看了他一眼，似乎不覺得左牧說的是實話，直覺認為左牧有事隱瞞。

依照左牧的個性，只要他不想說，那就怎麼問也問不出結果，所以王學承果斷放棄追問下去。

「我先回局裡去，你多休息。」

「差點忘記告訴你。」左牧終於把嘴巴裡的蘋果吃完，在王學承離開前提醒道：「我待會就會出院，所以你不用再跑來探望我了。」

「你、你什……」

「反正本來就沒什麼傷。」

「槍傷還不夠嚴重嗎？」

「只要還能行動就沒什麼問題。」左牧皺緊眉頭，「現在最要緊的應該是把那些人抓起來，更何況，我不認為醫院會比較安全。」

左牧知道王學承在醫院裡安排了幾名便衣刑警保護他，但他不認為這些人有辦法阻擋「困獸」的殺手。

而且住院這幾天都沒有收到羅本和兔子的連絡，這讓他有點擔心。另外就是那名黑衣男——從他這麼了解敵人又捨命救他的態度來看，恐怕和這起事件有很大的關聯。

見左牧的態度如此堅決，王學承只能扶額嘆氣，拿他沒轍。

「總之，不管有什麼事都要先聯絡我！別自己亂來！」

王學承在離開病房前，不斷提醒左牧，直到左牧點頭答應才肯走出去。

左牧自己拿起盤子裡的兔子蘋果，悠哉地吃著，看上去似乎感覺良好，但實際上，槍傷處每次都在止痛藥效過後痛到讓他睡不著。

老實說，主治醫生也建議他多住院幾天觀察，不過他沒那美國時間躺在床上睡覺。

當天下午，辦完出院手續的左牧走出醫院，原本打算招計程車回家，沒想到才剛踏出大門就看到羅本在外面等他，就像是早就知道他什麼時候會出院一樣。

左牧走向他，朝左右看了幾眼，「兔子沒跟你一起來？」

「他來的話才麻煩。」羅本頭痛萬分，「這幾天為了讓他安分待在家，我的耐心都快被折磨光了。」

盯著羅本的黑眼圈，左牧可以想像得出他有多累。

「抱歉，給你們添麻煩了。我沒想到對方會這麼正大光明地行動。」

「我也沒料到會變成這樣，但幸好你沒事。」

「呵，你和兔子真的幫了我大忙。」

左牧轉頭，盯著羅本身後的交通工具，「你該不會是想用這個載我回去？」

他真不知道羅本是什麼時候跑去買重機的，不但高調，看起來也很貴。

「壓力大就會讓人想花錢。」

「哈、哈哈……」

看來羅本的壓力的確不是普通大。

左牧跨上羅本的重機後座，在他的瘋狂飆速下，不到二十分鐘便回到家了。鑰匙都還沒掏出來，兔子就衝出門把左牧撲倒在地，直接撞擊他的左肩傷口。

左牧痛到飆淚，罪魁禍首卻毫無自覺。

「好痛痛痛——兔、兔子！你給我閃開！別壓著我！」

羅本無視兩人，從他們身上跨過去，看起來一派輕鬆。

眼見沒人幫忙，兔子又不肯放手，左牧真的欲哭無淚。

「喂，你這樣他傷口會裂開，到時候又要去住院。」

陌生的說話聲從屋內傳來，果然成功讓兔子回神，急急忙忙用雙手撐住左牧的腋下，把他像個孩子一樣抱起來。

兔子擔心地在左牧身旁繞來繞去，很想碰又不敢碰，就怕他再度受傷。

左牧嘆口氣，摸摸兔子的頭安撫他，接著轉頭看向黑衣男。

「……沒想到你竟然會在我家。」

「我暫時沒地方去，反正你的人也同意我留在這。」

黑衣男邊說邊用拇指示意背後的羅本。

剛穿好圍裙打算開始做晚餐的羅本，趕緊揮手搖頭，無聲向左牧否認這件事。

這樣看來，黑衣男是厚著臉皮跟過來的吧……不過這樣也好，他有很多事情想要問清楚，尤其是那些敵人的事。

黑衣男似乎也知道左牧在想什麼，不過他仍戴著口罩，所以看不太清楚他現在是什麼表情。

此時兔子已經把下巴叩在左牧的頭頂上磨蹭，在這麼尷尬的情況下，實在很難討論一些嚴肅的問題。

「我是不介意家裡多個吃白飯的，不過，『那些傢伙』肯定知道我家在哪，你如果是想躲他們的話，恐怕我家不會是最好的選擇。」

「他們就算知道你的所有情報，也不見得會出手，再說要是真想讓你死，就會在你住院的時候出手。」黑衣男雙手插腰，一副瞭若指掌的態度，「他們沒那麼做是因為我跟那傢伙在的關係。」

雖然沒有明講，但左牧知道他指的是兔子。

不過兔子真的很擅長打破嚴肅的氣氛，現在已經把左牧抱起來舉高高、原地轉圈，跟本不想讓他好好跟黑衣男說話。

黑衣男似乎也是第一次看到這種情況，眼神異常冰冷，似乎不是很喜歡兔子的改變。

「……總之剩下的等吃完晚飯再聊吧。」

「可以。」黑衣男瞇起眼眸，「我剛好也有同樣的打算。」

都市燈火點綴著黑色大地，猶如墜落在地面的星光，從山上看過去，這樣的景色就像處在不同的世界，直接把平地與山區隔離開來。

而他們所剩的，只有冰冷的月光，以及環繞在樹林之間的血腥惡臭。

一具具倒地的屍體，隨便用塑膠布捲起後搬到貨車上，層層堆疊起來，很快就變成小型山丘。

初步估計，死亡人數大概有二十幾名，全都是組織的「劣質品」。

雖說本來就是用完即丟的棋子，無論死多少人都沒有關係，但一天內損失這麼多，對他們來說還是有點傷。

不過——至少目的達成了。

「報告，屍體全部回收完畢。」

「嗯，現場呢？」

「已經將血跡清理乾淨，不會有問題。」

「照慣例，把屍體處理掉。」

對方聽見這個命令，有點意外，卻沒有膽量提出質疑。

幾個人收拾完現場後上車，唯獨這個男人留在原地，目送這些車輛離開。

在這之後，從黑壓壓的樹林中，慢慢走出幾名戴著白色面具的男人。

他們安靜地站在黑暗裡，沒有要靠近男人的意思，就像是深山中的幽靈。

男人雙手插入口袋，轉身對這些人說道：「雖然有聽說那傢伙活著逃離那座島了，沒想到他居然會在這附近。」

他摸著下巴，輕輕勾起嘴角，「因為『七號』一直跟著那名刑警，所以想說可以順便利用他把『七號』逼出來，真沒想到……竟然會有意外的收穫。」

「要把他一起回收嗎？」

提問的不是樹林中那些令人害怕的面具軍團，而是靠在轎車副駕駛座車門上的另外一名男子。

他穿著西裝，明明是深夜卻戴著墨鏡，有種奇妙的氛圍。

「如果抓得到的話。」男人垂下眼簾，冷漠應答，「那傢伙可是我們組織的最高傑作之一，只要他沒那個意思，就不可能被抓到。」

「但他之前不就是因為犯下命案後被軍人逮捕，才送到了那座島？」

「那時的他失去能夠下達命令的『主人』，所以根本就沒有反抗，現在不同。」

「難道說，那傢伙認了那個刑警為『主人』？」

「看起來是這樣沒錯。」男人向樹林揮揮手，那些戴著面具的人默契地往後退入樹林深處，不但看不見身影，就連氣息也跟著消失。

男人走向轎車，打開門進入駕駛座，而墨鏡男也跟著上了車。

「上面的人要是知道了，肯定想回收他。」

「我們手上的『號碼』只有十幾個，我可不想因為這樣白白浪費掉。」

「那你打算怎麼做，放置不管？」

「就算抓不到那傢伙，也還是得回收『七號』。」

「可是『七號』已經和他接觸了吧。」

「嗯，所以——再綁架一次吧。」

「欸？」墨鏡男很驚訝地望向他，「還來？你什麼時候有了這種綁架人的癖好？」

「如果可以用更簡單的方式解決，我當然不想這麼麻煩。」男人深深嘆息，看起來是真的很苦惱。

墨鏡男笑呵呵地說：「那個叫做阿豪的刑警，到死都要跟你作對。」

雖然車內視線不佳，但仍能看到男人臉色鐵青。

阿豪墜落山崖的事情，完全在他的預料之外。因為水流湍急加上難以搜查，他們的人沒有及時找到屍體，結果反而被一般民眾發現。

有了屍體，警方就可以開始追緝源頭，如果有人把那個叫「阿豪」的刑警所調查的資料全部找出來，自然就會查到他們頭上。

「這是你的失誤，你要想辦法自己處理。」

「所以我不是正在想辦法了嗎？你別一副無關緊要的樣子。」

「確實跟我沒有什麼關係。」

「……別逼我命令你。」

一提起「命令」這兩個字，墨鏡男就舉手投降，乖乖閉嘴，不再說話。

男人心情不佳地發動引擎，駛向下山的道路。

BEFORE THE END OF THE GAME

規則五：恐怖犯罪組織 dungeon beast

ゲームが終わる前に

晚餐過後，左牧等人和黑衣男坐在客廳，打算好好從頭開始了解目前發生的一切。當然，兔子還是老樣子黏在左牧身邊，而羅本則是把餐後甜點和紅茶放在茶几上後，盤腿坐在落地窗前保養心愛的狙擊槍。

黑衣男本來就覺得這三個人有點奇怪，在相處不到一天後，他可以更加肯定——他們都是超乎想像的怪人。

「謝謝你救了我一命。」

左牧率先開口，坦率地向他道謝。

黑衣男沒想到他這麼有禮貌，一時間也不知道該說什麼，但很快地，左牧態度一變，用嚴肅的口吻對他說：「我是真心向你道謝，不過，這並不代表我沒有在懷疑你。」

「呵，懷疑嗎？」黑衣男將口罩往下拉，喝了口紅茶，將目光移到兔子身上，「我先問你，你知不知道那傢伙的身分？」

「不知道。」左牧想也沒想，立刻回答。

他回答的速度太快，而且還擺出一副沒什麼大不了的表情，再次讓黑衣男吃驚。

「不知道他是誰，還把他留在家裡？他可不是什麼流浪貓狗。」

「這我當然知道，但過去跟現在不同，至少我可以確定現在的他並不是壞人。」

「……我只有聽說他從遊戲裡逃了出來，沒想到竟然還找到了這樣信任他的飼主。」

聽到黑衣男提起「遊戲」兩個字，左牧基本上就能確定，這人和兔子確實是舊識，只不過從兔子的反應裡看不太出來。

「你果然是認識這傢伙，所以，你是因為他才救我？」左牧轉頭朝兔子眨眨眼，兔子卻沒有反應，依舊黏在他的身邊磨蹭，連看也不看黑衣男一眼。

黑衣男聳肩道：「並不完全是。我跟他是同個組織訓練出來的殺人機器，不過這傢伙個性本來就很奇怪，除他自己和認定的主人之外，誰都不放在眼裡。」

他放下茶杯，側眼掃過羅本的臉龐，「所以當我看到他聽你的話的時候，真的很驚訝。我原本以為他認定的主人，應該是這邊這位狙擊手才對。」

羅本沒理他，用鼻子冷哼，不過他都有好好把這些話聽進去。

左牧從黑衣男剛才說的話，明白了兩件事。

一，培養兔子和黑衣男的組織，有很大機率就是「困獸」；二，黑衣男很早就在觀察他們兩人，否則不會那麼湊巧出現在那座山上，「順便」救了他的命。

將阿豪留下來的資料、自己遇到的狀況，以及黑衣男認識兔子這幾件事拼湊起來，讓左牧慢慢搞懂了前因後果。

他繼續問：「……你暗中觀察我們多久了？」

黑衣男用平淡的口吻回答：「從阿豪被殺之後開始。」

他在知道阿豪被組織抓住之後，拚了命地想把人救出來，卻被對方擺了一道，騙到了錯誤的地點，導致錯失救出阿豪的機會。

黑衣男接著反問：「阿豪的案子，是由你接下的對吧？」

「嗯。」

「關於那具『無名屍』，你有什麼想法？」

這種刺探性的問題，讓左牧皺起眉頭。

很明顯，黑衣男是在觀察他的判斷能力，就像是在替他打分數一樣。

「沒有頭部、被消除指紋的屍體很少見，這種死法只可能是他殺，而且意圖明顯——是在暗中威脅『某人』。」

左牧毫不猶豫地說出自己的看法與觀點。

「在這具無名屍出現前，阿豪就已經在調查某個組織，在那之後，他的轄區內出現『無名屍』的案子，而且又這麼剛好交給了他負責。真要說的話未免也太巧了，被人刻意安排的機率很高。」

也就是說，「無名屍」想要警告的對象就是阿豪，而這具屍體，有九成機率是阿豪調查「困獸」時的線人。

在線人暴露身分後，組織將其殺害再隨意棄屍，要藉此警告阿豪，別再繼續追查他們。

看來阿豪根本沒有放棄的意思，所以最後才會被送命。

阿豪知道自己絕對會死，但如果死在組織面前，屍體就會被處理掉。在沒有屍體的情況下，警方很難立案調查，所以他才會想盡辦法到山崖邊，寧可摔下去也不讓那些人得到自己的屍體。

從結果來看，阿豪的計畫是成功的。

不得不說，阿豪確實是名令人欽佩的刑警。

「dungeon beast。」

黑衣男突然俐落地念出這句英文，不只是左牧，就連羅本也停下了擦槍的動作。就只有兔子還在散發小花，一直盯著左牧看。

「果然嗎？」左牧嘆口氣，「所以你跟兔子，還有這幾起案件都是……」

「對，都是被稱為『困獸』的恐怖犯罪組織幹的好事，而我跟那傢伙都是組織訓練出來的殺人機器，不過……應該說『曾經』是。」

「什麼意思？」

「有部分的人跟我一樣背叛、逃離了組織，但你身旁那傢伙不同，他是自己選擇追隨主人離開，組織也沒有因此去追捕他。因為這傢伙太過強大，也很難控制，所以才會對他睜一隻眼、閉一隻眼。」

「連培養兔子的組織都拿他沒辦法？」

黑衣男無奈聳肩，「你既然跟他相處過，應該明白我的意思。」

左牧確實切身體會過兔子有多麼「強大」。

兔子果然很特別，連這種可怕的組織都拿他沒辦法，明明別人都要費盡心力才能逃出來，他卻能夠活蹦亂跳地到處亂跑。

「那具『無名屍』跟我都是逃出組織的同伴，我們偶然遇到正在調查組織的阿豪，他希望我們可以幫忙他揭發組織，所以就一起合作了。」

「這很像阿豪會做的事……也就是說，組織發現你們暗中合作後，就將你的同伴滅口，再用屍體來作為警告？」

黑衣男忍不住嘆氣，「我勸過阿豪，要他別再追查下去，但他就是不聽。」

「現在他們兩個都死了，就只剩下你。」

「既然要抓，當然是斬草除根，所以我自然就成為組織的下個目標。而他們會把你抓走，是因為知道我在暗中觀察你，想要引誘我出來。」黑衣男越說越不服氣，「早知道就不管你死活了，但說真的，沒救到阿豪真的讓我很懊悔。」

「看不出來你還挺有義氣的。」

「什麼話，我沒那麼黑心好嗎！」黑衣男大聲反駁後，又繼續碎念：「雖說我是怕你接下案子後會被組織盯上，以防萬一才偷偷跟著，只是沒想到會遇到這傢伙，才剛想說世界到底有多小，結果組織就對你下手了。」

黑衣男邊說邊看著兔子，「只不過，為了救你，這傢伙的存在也曝光了，所以我想他們短時間內應該不會貿然對你出手。」

「怪不得我住院那段時間都沒發生什麼事。」

「組織很聰明，他們不會在那麼明顯的地方動手。」

「我覺得在大馬路上追撞，再把人綁走，並不是什麼聰明的選擇……」

「那時追你的不是組織裡的人，是他們找來的打手。」

「……和盜取屍體的人一樣嗎？」

左牧輕聲低語，反而是旁聽的羅本突然開口。

「那樣的話，我知道是誰。」

「欸？你知道？」

「我之前抓到的人被滅口。」羅本用平靜的口吻說道，「殺死他的注射藥物很特殊，黑市裡只有少部分的人在販賣，根據這條線索，我找到了最近購買它的犯罪集團。」

「看來在我住院那段時間，你也沒閒著。」

「我可不像你要花那麼多時間才能恢復。」

「不好意思，我就是體虛。」

「無所謂，只要別死就好。」羅本說完後繼續擦槍。

黑衣男接著說：「組織有時候會雇用這些犯罪集團來處理雜事，毀屍滅跡、綁架，甚至是竊盜那些，因為不能讓警方直接找上他們。」

左牧摸著下巴思考，「雖然不算是聰明的選擇，但警方確實不會查得這麼深。」

這想法——簡直就像主辦單位那群人一樣，恐怕「困獸」在臺灣也有安全的門路，才能待這麼長的時間。這樣一來，即便知道他們的存在，警方也沒辦法輕易出手。

而調查這件事的阿豪，就等同於登上死亡舞臺，恐怕阿豪自己也很清楚。

這讓左牧又想起他從阿豪抽屜裡找到的那些手卡，慶幸的是，手卡沒有被拿走，雖然破破爛爛的，但還是好好地留在口袋裡。

左牧在醫院醒來後，第一時間就檢查過外套口袋裡的手卡狀況，不幸的是，有部分文字還是因為被水弄溼而暈開。

「組織肯定知道我跟這傢伙都在你這裡，之後絕對還會再出手，得想辦法解決。」

「先看看狀況再說，總之，我還是需要休息。」左牧嘆口氣，向後靠著沙發椅背，「今天我的體力已經到極限了，其他事情等明天再說。」

「我最後還有件事情想問你。」黑衣男指著黏在左牧身邊的兔子，臉色鐵青，「你們為什麼老叫這傢伙『兔子』？他完全沒有一個地方像吧！」

左牧眨眨眼，一臉正經地摸著兔子的頭說道：「不是挺像的嗎？頭髮的部分。」

黑衣男真不知道要從哪裡開始吐槽，這個稱呼讓他雞皮疙瘩掉滿地。而且兔子面對他的質疑，居然莫名其妙地開始瞪他，讓他更加無奈。

「……算了，你們高興就好。」

「話說回來，既然我們接下來要合作，卻連名字都不知道，不是很奇怪？」

黑衣男抬眼看他，看起來似乎不太想回答這個問題，遲遲沒有開口。

左牧再多等了幾秒後，突然開口：「不然以後我就叫你小黑？」

「別用這種聽起來像是在叫流浪狗的方式叫我。」

「那不然黑兔？」

黑衣男額頭上的冷汗越冒越多，「因為我是黑髮？」

「你是黑髮，而且跟兔子是同個組織出來的。」

他無言了，這種命名方式會不會太隨便！

羅本聽見兩人的交談，再看看黑衣男的表情，「噗哧」一聲笑出來。

黑衣男轉頭瞪他，但羅本卻用看好戲的態度，勸他放棄。

「左牧的取名品味本來就這麼糟糕，你要不選擇放棄，要不就老實說出自己的名字。」

「我沒有名字。」黑衣男咬牙切齒地回答，「組織訓練出來的殺手，全都沒有名字，只有被組織認可的人才能取得『號碼』。」

「號碼？」

「聽起來滿有趣的。」

這句話倒是讓羅本和左牧感到好奇，畢竟「困獸」是傳說中的組織，沒有人知道內部的詳細情況，而現在就是個好機會。

原本吃了藥昏昏欲睡的左牧，現在也重新振作起精神。

看見這兩人目光閃耀地盯著自己，黑衣男只覺得像是任人觀賞的稀有動物，渾身不對勁。

「你們兩個真的有夠煩人。」

他實在熬不過這兩人的好奇目光，最終也只能乖乖解釋。

「我們組織原本就有七十三名殺手，這是最初的殺手人數，後來組織慢慢壯大之後，就開始培養更多殺手，像我就是小時候被賣到組織的孩子之一。」

「兔子也是嗎？」

「我不太清楚。他比我早幾個月進入組織，而且也不太跟人說話。」

「原來他從小時候開始就不愛說話。」

左牧還以為是遊戲規則的關係，因為長期被限制、無法說話，所以變得不愛開口，沒想到兔子竟然從小就是這樣。

「剛開始我還以為他是啞巴，第一次聽到他說話的時候，我嚇了一跳。」

「兔子，既然你會說話，那就說幾句來聽聽。」左牧轉頭盯著兔子看，興致滿滿地說：「來，叫我的名字。」

兔子默不作聲地直視左牧的雙眼，不知道為什麼開始冒冷汗，而且還越冒越多，甚至整個人緊張到顫抖起來。

其他三人看到兔子的異常反應，還以為他要心臟驟停了。

左牧沒辦法，只好收起這個念頭。

「你冷靜點，別這麼緊張。」

他拍拍兔子的肩膀，而聽到他這麼說，兔子才停止顫抖，接著飛快用平板打滿一整個螢幕的「左牧」給他看。

左牧把平板推開，但兔子卻強硬地貼過來，不斷用螢幕擠他的臉頰。

直到左牧握緊拳頭往他的腦袋狠狠揍下去，兔子這才乖乖停止這個莫名其妙的舉動。而兩人短短幾分鐘的互動，卻讓黑衣男摸著下巴、面色凝重，像是在思考什麼。

黑衣男就像是沒看到剛才那場鬧劇一樣，繼續說道：「組織裡總共有七十三名殺手，而且都是用號碼作為自己的『名字』，死亡後空下來的號碼就會由其他新人遞補。順便一提，我是七號，那傢伙是三十一號。」

「我覺得還是我取的名字比較好聽。」

「……隨你高興，我倒是不介意自己叫什麼。」黑衣男說完，忽然起身，「你不是累了嗎？今天就先談到這，剩下的等你睡飽再聊。」

「那就明天吧，我相信你短時間內不會離開我們的，對吧？」

左牧知道他沒地方去，而且也只剩下他們能夠做為對付組織的同伴，所以十分篤定黑衣男不會離開他家。

黑衣男沒回答，只是默默走回裡面的房間。

左牧盯著緊閉的房門，再看看坐在落地窗前的羅本。

「他進去的不是你的房間嗎？」

「嗯，我讓給他睡的。」

「那你睡哪？」

「沙發。」羅本小心翼翼地將槍收回槍套裡，「我睡哪都可以，沒床也沒關係。」

「雖然我不介意多一個人住，不過，你應該知道的吧？」左牧無奈地說，「我家總共有三間臥室，我跟兔子一間，那傢伙一間，所以……」

空氣瞬間陷入寧靜，在這樣緊繃的氣氛中，左牧明白了一件事。

羅本根本完全忘記他家還有一間客房。

左牧很高興終於能回到家，熟悉的床和房間，帶給他很大的安全感。

離開那座島之後，他一直覺得自己不會再遇到這種麻煩，沒想到竟然又跟奇怪的組織扯上了關係。

不過——會變成這樣倒也不是沒有原因，若兔子真的是這個組織的前成員，那麼他最後還是會遭遇到危險。

左牧和兔子盤腿坐在床上，面對面盯著對方的臉。

兔子很開心，瞇起雙眼笑得燦爛無比，就像是天真無邪的孩子。左牧卻完全笑不出來，一直在思考黑衣男剛才說的話。

「兔子，你不會對我說謊的，對吧？」

兔子先是愣了下，接著乖巧點頭，似乎已經知道左牧想要問他什麼。

「那傢伙說的話，都是事實？」

兔子點點頭。

「全部？」

兔子再次點頭，幾乎沒有猶豫。

左牧摸著下巴，眉頭皺得更緊了。

「所以，你認識那傢伙？」

兔子點頭，同時用平板補充說明：「以前見過幾次。」

他很難得地用平板打了許多字。

「那個毒是組織常用來殺人的藥物，所以我能確定是組織帶走了左牧先生，才會到那座山去。只是沒想到七號會出現，還幫助了左牧先生。」

「這樣看起來你跟他很熟。」

黑衣男對待兔子的態度，看起來並不像是「見過面」的程度，總覺得兩人應該多少有點交情，但不知道為什麼兔子不想承認。

兔子嘟起嘴，不高興地用力敲打平板。

「左牧先生是我的，他碰了左牧先生。」

左牧冷汗直冒，果然又是因為奇怪的忌妒心。不過兔子雖然這樣講，但似乎不是很討厭黑衣男的樣子，如果真的不喜歡或是對他有戒心，就不會讓他留在自己身邊，甚至是踏入家門。

單就這一點，左牧可以確定黑衣男說的話有可信度。

這樣看來，阿豪藏起來的那些手卡上的筆記，應該就是和「無名屍」以及黑衣男之間的交流方式，只可惜，阿豪最後還是為了正義而丟了命。

至少現在左牧可以確定兩起死亡案件都是「困獸」這個組織下的手，恐怕他得先考慮的不是要如何揪出這個組織，而是要怎麼樣讓他們放棄追殺自己。

兔子一直在觀察左牧的表情，見到左牧的眉頭越皺越緊，擔心地用手指戳戳他的手臂。

「**我會保護左牧先生的。**」

左牧看著他在平板上打的字，深深嘆息。

「你要怎麼做？難不成殺了所有盯上我的人？」

兔子眼神閃閃發光地點頭，立刻就被左牧狠拍後腦勺。

「這不叫解決辦法，這叫製造麻煩。」

左牧的力氣並沒有很大，兔子雖然被打腦袋，但是沒有什麼反應。

他不敢違逆左牧，可是也想不出其他辦法，乾脆就這樣模仿左牧坐在床上苦思。

想睡是一回事，但現在腦袋裡有太多情報和資訊，如果不整理清楚，左牧絕對會睡不著。

可是止痛藥和隱隱作痛的傷口，讓他的體力跟不上腦袋思考的速度，最後還是只能側身躺倒在床上。

兔子很慌張，想幫忙卻又怕碰痛左牧的傷口，不斷揮舞雙手。

左牧懶得理他，但兔子愚蠢的模樣還是讓他忍不住想笑。

他閉上雙眼，原以為自己會因為思緒紛亂而睡不著，卻不到三秒就陷入沉睡。

兔子看著左牧呼吸平穩、睡得香甜的表情，這才終於收起慌亂的心情，小心翼翼地替他蓋好棉被。

他自己也順勢鑽進被子裡，如平常一樣從背後摟著左牧睡覺。

已經有好幾天沒有睡得那麼安心了，果然只有像這樣直接接觸對方的體溫，他才能確切感受到左牧還「活著」。

雙人床上，兩人的鼾聲此起彼落，就像是很長一段時間沒有好好休息般不醒人事，就這樣直接睡到隔天中午。

先醒過來的是左牧，他一睜眼就感覺到有人抱著自己，而對像這樣的生活竟然感到安心，這讓他有點害怕。

習慣真的很可怕，左牧竟然覺得和兔子一起睡覺是很普通的事，甚至還因為安心，睡眠品質比住院那幾天都更好。

「起床了。」左牧拍了拍兔子的臉頰，兔子猛然驚醒，差點沒把他嚇死。

兔子看起來充滿疑惑，來回看向窗外的天色以及左牧，臉色鐵青。

左牧不知道他為什麼一副打擊很大的樣子，只是摸摸他的頭，勾起嘴角。

被他摸頭的感覺真的很舒服，兔子不由得閉上雙眼享受，就像是小動物一樣。

左牧勾起嘴角，不得不說，兔子這樣陪在自己身邊，真的讓人滿心安寧。

知道這人絕對不會背叛他，也絕對不會讓任何人傷害他，但這樣的兔子卻在某些人、甚至培養他的組織眼中，被視為「殺人武器」。

左牧本來沒想過要去探究兔子的過去，所以沒想到會以這種方式知道他的事。

明明兔子是個本性善良的好人。

「喂，醒來沒？」

門外傳來黑衣男不耐煩的聲音，兔子馬上就露出生氣的表情。

左牧走下床開門，兔子也緊緊黏在他身後。

「抱歉，睡得有點久。」

「你的臉色看起來好很多了。」

「嗯……不過身體還是很痛。」

「我想跟你借一下那傢伙。」黑衣男指著兔子，毫不畏懼地對上他凶惡的目光。

兔子雖然沒什麼反應，但是也沒有拒絕的意思。

左牧覺得這兩個人應該不會在他家殺起來，就很乾脆地答應了。

「你去吧，兔子。不要惹麻煩，聽見了嗎？」

有左牧的命令在先，兔子這才稍微收斂點，心不甘情不願地跟著黑衣男離開，而左牧也趁這段時間簡單梳洗，並愉快地享用羅本準備的美味午餐。

被左牧取名為「黑兔」後，黑衣男雖然嘴上說著不高興，實際上卻慢慢接受了這個名字，再怎麼樣也比數字稱號來得好。

只不過，被視為兔子的同類這點，還是讓他有點不爽。

兔子跟著他來到公寓頂樓，通往天臺的門是電子鎖，若不是管理人員的話，基本上沒辦法上來，但這種事對這兩人來說，根本算不上問題。

這裡不會有人來，開闊空間也不用擔心被竊聽，能好好談談。

在左牧住院期間，黑衣男原以為是和兔子交談的好時機。可是兔子這段時間心情非常不好，雖然看起來很像隨時會不管不顧衝到醫院去，卻遲遲沒有行動，對左牧的擔憂和不安全寫在臉上。

相對來說，羅本的態度就很從容，彷彿不在意左牧的死活。兩個人的強烈反差，讓黑衣男漸漸對這三人組產生興趣。

不過，在這之前——身為同組織出身的他們，還是有必須私下討論的問題。

「回來之後沒想過組織會找到你嗎？我看你過得挺悠哉的，像普通人一樣。」

兔子聽見他說的話，並沒有正面回答，而是拿出不知道藏在哪的平板，將螢幕面向他。

平板上瀟灑地寫著兩個大字——「黑兔」。

黑衣男很不爽，「別給我轉移話題！」

兔子眨眨眼，直接換句話。

「我是你的前輩。」

這六個字已經讓黑衣男氣到想朝他揮拳了。

「混帳……我在跟你說正事，少不正經了，你不會真以為我當你什麼都沒在想？」黑衣男冷哼，壓低雙眸，狠狠瞪著那張看似人畜無害的臉，「我跟那兩個人不一樣，可是知道你不是那種被動思考和行動的傢伙。」

對，沒錯——兔子並不是真的什麼都沒在想，也不如表現出來的態度那樣傻裡傻氣，他心中盤算的，是誰也不想明白的可怕想法。

就算他現在像個「普通人」一樣待在左牧身邊，但黑衣男很清楚，兔子心中的那張黑暗面孔，是任何人都無法駕馭的惡魔。

兔子的雙眸慢慢瞇成一條線，全身散發出威嚇的氣息，像是在警告黑衣男不准多管閒事。

說真的，他的威脅可怕到讓人難以呼吸，黑衣男也舉起雙手表示：「放心吧，等這件事結束後我就不會再跟你們扯上關係了。反正你現在在想什麼，我也大概猜得到。」

兔子雖然沒說話也沒有表態，可是黑衣男很清楚他在考慮著什麼事。

「現在你的『主人』出院了，剩下的就只需要把『威脅』徹底清除。」

兔子用平板回答：「你要幫忙。」

黑衣男大聲嘆息，「當然，這件事也和我有關，而且我同樣是他們的目標，所以說我們都是同艘船上的人。」

兔子的目光銳利，在平板上打：「殺進去。」

「別開玩笑了，你也知道組織內部沒那麼好入侵，再說，你會放心離開那個刑警嗎？」

黑衣男說得沒錯，兔子沒辦法丟下左牧不管。

並不是說他不信任羅本，也不是認為羅本沒有保護左牧的能力，而是單純地恐懼——他怕左牧在自己不知道的情況下死去。

左牧是不同的，他是特別的，正因如此，他絕對不能死。

想到車禍那天自己應該別聽羅本的阻止，暗中跟隨左牧，這樣的話左牧也不會遭遇危險。

所以這一次，不管發生什麼事他都絕對不會再讓左牧單獨行動，但他又不能帶著左牧殺進組織裡……

「我們現在要考慮的不是把組織『徹底清除』，而是要讓他們不敢對我們出手。」

黑衣男再次讀出兔子的想法，希望他能夠徹底打消那個危險念頭。

兔子冷靜地想了想，歪頭盯著他。

「你有什麼計畫？」

「計畫……雖然不能說是最優的選項，但我確實有個不太可靠的計畫。」

「聽起來很糟糕。」

「只要能讓他們放棄追殺我們就好。」

「左牧先生會安全？」

「會，只要順利的話。」

「那我會幫你。」

見他連計畫內容都沒聽，就這麼簡單地答應自己，黑衣男真不知道該作何反應才好。

不過，兔子很聰明，既然他願意合作，那麼黑衣男也不會錯過這個好機會。

「最近組織要補充新的『號碼』，你應該知道我在說什麼吧？」

新的號碼——簡單來說就是要招募七十三名有「號碼」的正式人選，他們兩個人也都是經過同樣的「徵選」取得自己的「號碼」，對此當然不陌生。

兔子盤腿坐在地上，歪頭聽著黑衣男繼續說下去。

「成功殺掉我或你，就可以入選，簡單來說，我們只要不被殺掉就好。」

「時間呢？」

「組織給他們的時間只有兩週，但我不確定是從什麼時候開始。」

「其他人不會出手？」

「留在臺灣的『號碼』只有少數幾個，組織不太可能為了追捕一名刑警而特地動用，只要讓組織明白我們沒有要跟他們為敵的意思就好。井水不犯河水的話，組織就不會管我們。」

在同伴和阿豪都犧牲生命的前提下，黑衣男已經沒有興趣再繼續跟組織對抗了。如果能夠讓組織明白，他們沒有為敵的打算，應該就能順利擺脫。

雖說這樣對死去的阿豪不太好意思，可是他原本也是在阿豪的請求下才答應幫忙，否則的話，他也不會做這種麻煩事。

「脫離組織的我雖然是他們的眼中釘，但對他們來說，不需要像我這種無法控制的『商品』，所以只要我們對他們來說沒有任何危害性，就可以了。」

兔子停頓幾秒，接著用平板對他說：「這就是你的計畫？」

黑衣男搔搔頭，無奈嘆氣，「所以我才會事先提醒，你不見得會喜歡我的計畫……不過我要講句實在話，現在的我們，並沒有多少選擇權。」

這是目前唯一的出路，無論是對黑衣男，還是對兔子來說，這都是必須去面對的事實。

「我今天也會和你的主人提出這個計畫，只是在這之前我想先告訴你一聲，免得你擅自行動，殺進組織裡。」

黑衣男說完，偷偷看向兔子那張無表情、帶著空洞目光的側臉。

他的氣質，果然和他跟前任「主人」在一起時完全不同。

然而他卻不敢確定，這樣的改變究竟是讓兔子變弱還是變得更強。

BEFORE THE END OF THE GAME

規則六：這計畫有點陽春

ゲームが終わる前に

「坦白說，我並不喜歡你的計畫，小黑。」

果然不出所料，當黑兔提出這項計畫後，立刻就被皺緊眉頭的左牧否決。

因為他本來就覺得會被拒絕，所以並不是很意外，反倒是對自己的「名字」有點意見。

「小、小黑？」

「你不是不想被叫黑兔嗎？所以我幫你換了個名字。」

「……這樣並沒有比較好。」

他才剛開始習慣「黑兔」，結果現在又要重新接受新的稱呼，他可受不了。話又說回來，這不就只是從兔子換成小狗而已嗎！還真的把他當成寵物來養！

黑兔嘆口氣，果斷放棄爭取更好聽的名字，向左牧說明自己的理由。

「只要花兩週的時間，就可以徹底讓組織放棄，有何不可？」

「我同意你說的，不過身為『刑警』，我沒辦法接受。」

「你現在是要跟我談『刑警』的尊嚴？」黑兔冷笑，「阿豪就是為此而死的，難道你想跟他一樣？」

「不，當然不會。」

「所以——」

「阿豪的死是因為他太沒有戒心，而且他直到死前都沒有放棄要揭發『困獸』的存在。他都做到這個地步，接手這件案子的我又怎麼可能為了保命，而選擇能讓自己全身而退的方式結束？」

「你可是才剛被綁架，還差點被殺死，難道你沒有一點警覺心？」

「當然有，不過再怎麼說這次遭遇都比島上的遊戲輕鬆多了。」左牧摸著下巴，轉頭看向羅本，「你說對吧？」

羅本正側躺在沙發上，滑手機逛地下黑市的拍賣網頁，應付似地「嗯」了一聲。

黑兔雖然不知道他們幾個遭遇過什麼，也不知道那座島上的「遊戲」是什麼意思，但左牧的大膽決定，百分之百是想要把自己逼到死路。

「不過……再怎麼說，現在的狀況已經不是被人設計好的『遊戲』，要考慮的事情太多，沒辦法立刻想到妥善的應對方式。」

幾秒前才說黑兔的計畫不好的左牧，又像是在自打嘴巴，猶豫不決地碎碎念。

他陷入自我世界，嘴巴動得飛快，看起來有點可怕，可是兔子和羅本卻像是早就習慣了一樣，各做各的事，根本不當一回事。

黑兔就這樣冷汗直冒地坐在對面，幾分鐘後，左牧突然提高音量大叫：「有了，就這樣吧！」

「什、什麼？」

左牧笑咪咪地說：「這次輪到我們來跟他們玩『遊戲』。」

黑兔傻眼，張大嘴巴看著不知道從哪冒出這種謎之自信的左牧。

「遊戲？你到底在說什麼，那可是你們警察多年以來都動不了的組織，而你的解決辦法，竟然是跟他們玩遊戲？」

「老實說，他們如果真的想殺死我或是把你們帶走，早就動手了，不會給我時間接受治療。」

「那是因為他們不會在那麼顯眼的情況下出手……」

「真的是這樣？」左牧瞇起眼眸，盯著黑兔的臉。

黑兔嚇一跳，原本信誓旦旦的他，突然變得有些不太確定。

他好歹也是名殺手，實力百分之百在左牧之上，如果兔子或者羅本不在的話，不用三秒他就可以立刻扭斷左牧的脖子，但是──左牧的「眼神」卻讓他動彈不得。

這種感覺不是膽怯，而是被左牧那雙毫無畏懼的眼神震撼住。

明明面對的敵人十分強大，自己還被綁架、甚至差點死掉，但左牧就像是完全不在意，連一絲絲的遲疑或恐懼都沒有。

如果不是笨到不知道要害怕，就是他根本不認為自己居於下風。

「……你，果然很奇怪。」

無法否認，左牧無論是想法或膽量，都和阿豪完全不同。

所以黑兔想聽聽看，從這樣的左牧口中說出的，會是什麼樣的有趣計畫。

「只是做法稍微有點不同罷了。」左牧勾起嘴角冷笑，「不過，說到底我還是個利益主義者，若是真打不贏的話，我也不會為了貫徹正義而讓自己去送死。」

「你的意思是，你打得贏組織？」

「所謂的『贏』可不是只有動拳腳而已，方法多得是。」

「該不會你是想說什麼『用智慧取勝』這種聽起來就不可能的東西吧。」黑兔大口嘆息，「這可不是在拍電影，只要有一點小失誤，你就會死。」

「這種事我早就在『島』上體會過了，用不著你提醒。」左牧邊說邊靠在椅背上，將頭往後仰，朝羅本說道：「喂，羅本，我記得你說知道『困獸』和哪個黑道集團有接觸對吧？」

羅本從沙發上坐起身，撫平亂翹的短髮，早就猜出左牧心裡在盤算什麼了。

「我是知道他們的據點在哪，從這邊過去的話大概只要三十分鐘左右，不過你車子掛了，打算怎麼過去？」

「當然是坐你的重機。」

「……你臉皮真厚。」

「雖說是你的錢，但那輛機車可是用我的名義買的。」

羅本多少還有點閒錢，而且回到正常生活後，他偶爾也會接點工作來做。當然，左牧從來沒問他工作內容是什麼，反正只要他有收入就好。

不過無法使用真實身分這件事，多少還是會給生活帶來不便，像買重機這種事就是其中之一，所以左牧才會藉自己的名義幫他買車。

他笑盈盈地看著羅本，而羅本也只能妥協。在一旁看不下去的兔子有點吃醋，那兩人才剛對上視線沒幾秒，就走過來大刺刺地隔開，把左牧的臉一口氣抱進懷裡，還不忘朝黑兔投以怒目。

「你幹嘛？」

兔子沒回答，但表情說明了一切。

黑兔最後也只能咋舌，把視線撇開，沒想到竟看見羅本像個旁觀路人一樣盯著他們三個。

不知道該怎麼形容才好，總而言之，羅本那雙完全沒有溫度的平靜視線，反而更讓他火冒三丈。

真不該跟這幾個怪人扯上關係——黑兔默默在心底如此想著。

左牧並沒有直白地說出自己在盤算什麼詭計，而羅本和兔子看起來也不在意，什麼都沒問，就這樣乖乖跟在他屁股後面。

對黑兔來說，這樣真的很詭異，讓他沒辦法停止用懷疑的目光打量這三人組。

羅本用重機載著左牧，而黑兔和兔子則是依靠雙腳的力量來移動，對能憑體能追上高速行駛汽車的這兩人來說，這點路程根本不算什麼。

當一行人來到目的地後，兔子識相地躲在暗處。雖說沒有事先講好要怎麼行動，但黑兔也只能照著做，小心地觀察著羅本和左牧。

這條巷子本來就不太平靜，尤其是到深夜後，出入的人更雜，危險性也更高。當然，對於身為刑警的左牧來說，這都只是不足為懼的小事。

他脫下安全帽，看了看周圍，悠哉地將雙手放入外套口袋。

「我記得這裡是青盤組的地盤。」

「你很懂嘛。」

把車停好後，羅本走到左牧身邊，示意他跟著自己走。

青盤組——以黑道組織的年資來說還算年幼，組裡基本上都是年輕人，雖然地位看似沒有多高，人數卻不少。

與大多數黑道組織不同的地方是，青盤組的成員都是有著高學識的聰明人，他們不收那些只靠蠻力行動的混混，而是真正有明確目標以及能力的人才。

他們將「黑道」視為企業，而組內做的所有事情，全都是「商業行為」。

由於從「商業」管道開始建立起自己在圈內的名譽，才短短不到五年，青盤組就已經從沒沒無聞的小組織，成長茁壯到能夠和那些揚名二、三十年的老大哥們相提並論。

無論是黑道還是普通企業，只要運用的手法和方式正確，即便成立時間不長，也能創造出驚人的利益。

身為刑警，左牧當然知道青盤組的存在，不過對於長年在島上生活的羅本來說，照理來說應該不太清楚，可是他看起來卻一副很熟悉的樣子，輕輕鬆鬆就帶著左牧走進青盤組的店裡。

這是一間位於地下一樓的酒吧，雖然看起來狹小普通，除了左牧和羅本之外，也有不像黑道的普通市民光顧，但這間店確實是青盤組的資產。

這或許是因為，這間小酒吧是在社群網路上小有名氣的拍照打卡點，因為特殊裝潢和預約制服務，加上帥哥酒保和好喝又便宜的調酒，在年輕人之中相當有名。

誰都想不到，這樣的人氣酒吧，竟然會是黑道的店。

「你怎麼會知道這個組織？」

「查著查著就知道了。」

羅本用輕鬆的態度回答，接著就和左牧跟隨服務生的帶位，來到角落的座位。酒吧裡雖然有聊天的聲音，但還是偏向安靜，簡直就像來到高級餐廳，一點也不像年輕人會泡的吧。

左牧翻開菜單，意外發現價格都滿「普通」的，看來這間店的主要收入恐怕不是來自這些忙著打卡的年輕人。

正當左牧認真地研究菜單上的文字是哪國語言時，正巧有另外一組客人上門了。

對方一眼就認出左牧，起先有點驚訝，但很快就露出令人畏懼的冷笑，把負責接待他的服務生嚇出一身冷汗。

這個人挑了個能夠清楚看見左牧和羅本的位置，完全無視原本要替他帶位的服務生，對方沒辦法，只好默不作聲地接受客人的擅自行動。

左牧隱約覺得有個討厭的視線一直盯著自己，不過還來不及深思，突然就有個陌生男人自顧自地坐到他們這桌。

羅本很冷靜，而左牧則是有些胃痛。

因為坐在他正對面的不是別人，正是青盤組的頂頭老大。

「你還真是給我帶來了個特別的客人，羅本。」

「廢話少說，我只想趕快把事情處理完，早點離開。」

左牧夾在這兩人之間，說實話挺尷尬的。

不知道為什麼，羅本看起來心情不太好，反倒是對方的態度非常友好，笑起來就像花朵盛開一樣，人畜無害。而且他的穿著打扮也很普通，身旁也沒有小弟跟隨，真不知道該說他太過自由還是毫無防備之心。

要不是因為左牧從其他同事那邊見過青盤組老大的照片，根本不可能會把這個年輕男人和黑道聯想在一起。

「別說得那麼冷淡嘛！聽說你活著逃出來的時候，我還很高興的說。」

「高興什麼？」

「組裡缺少像你這樣的狙擊高手，你加入的話我不就能隨時隨地暗殺那些討厭的傢伙了嗎？」

「我可不是隨便讓人呼來喚去的打手。」

「幹嘛這樣講，我不是說過會給你新的身分，確保你的安全，也會給你住的地方和薪水嘛——」男人話說到一半，突然對左牧投以冷漠的目光，「結果你卻跟我說想跟這傢伙在一起，拒絕了我的邀請。」

左牧瞇起眼，從男人的態度裡清楚感受到「敵意」。

看來羅本說什麼想要找地方躲，原來是要躲這個傢伙。

「放尊重點，祖青。」羅本不耐煩地低語。

被羅本喚為「祖青」的男人，立刻收回對左牧的威嚇目光，重拾笑容，「那，刑警來找我有什麼事嗎？」

左牧並不想追究這兩人之間有什麼樣的過去，又是怎麼認識的。直覺告訴他，最好不要跟這個男人相處太久比較好。

徘徊在心中的那股不祥預感，讓他回想起初次和邱珩少見面那時的感覺。

嗚哇，這傢伙跟邱珩少絕對是同一類人！

「你們有跟『困獸』接觸吧？」

祖青笑著回答：「我們之間算是有利益合作的關係，所以我知道他們正在找你。」

帶著善意說完後，他又轉而以冷漠的口吻繼續說道：「我這邊也因為你的關係，搞砸了委託，真——的有點頭痛呢。」

羅本嘆口氣，知道祖青是在故意挑釁左牧，便不理會他，悄聲在左牧的耳邊說道：「他是指竊走阿豪屍體那件事。」

「人不是你跟兔子殺的嗎？關我什麼事？」

「你好歹是我的雇主。」

「我是顧你當家政夫，還有負責幫我看好兔子。」

「這也算是照顧兔子帶來的附加傷害。」

老實說，左牧還真的無法反駁。

祖青不爽地看著這兩人在自己面前要好地講悄悄話，接著說：「所以我們才會為了補償而提供免費服務。」

「免費服務？」

祖青指著左牧的鼻子說：「就是你。」

這下子左牧搞懂了，他有點不爽地說：「綁走我並交給『困獸』，是你的計畫？」

「如果不這樣做，我們反而會遭殃。」

「雖說我那臺車是二手的，但被撞成那樣，還因為變成證物的關係沒辦法收回來，害我現在沒車可開了。」

祖青瞪大眼睛看著左牧，老實說，他沒想到左牧竟然會是這種反應，出乎他的意料。

通常在這種情況下，聽到罪魁禍首就坐在自己對面，再怎麼樣也會緊張或是失去冷靜吧！但左牧完完全全就像是在說自身之外的事情一樣，在乎的不是自己的命，而是那臺被撞毀的二手車。

果然就如同調查報告提到的，不能用普通的觀念來面對左牧。

這就是和羅本一起逃出那座島的男人嗎……怪不得羅本會如此在意，就連他也開始對左牧產生興趣了。

「你那麼驚訝幹什麼？」左牧眨眼看著祖青臉上的複雜表情。

祖青很快就恢復成平常的態度，友善地回答：「不，沒什麼。只是你看起來似乎不太在意被對方追殺的事，難道說這就是『刑警』的從容？」

「再怎麼說，性命被人盯上，多少還是會覺得麻煩。不過以目前的狀況來說，把注意力集中到我身上來也比較好，至少這樣就不會產生額外的麻煩。」

「噗、哈哈哈哈！」

祖青實在忍受不了，大笑出來。

他笑得太過頭，惹來其他客人的側目，但是他根本不在乎。

有趣，真的太有趣了！他完全可以明白為什麼羅本會醉心於這個叫做左牧的男人，這真的是——

「啊——不行不行，像你這樣的傢伙，最好還是早點解決掉比較……」

突然間，從被黑暗覆蓋的角落裡迅速衝出一名男子，狠狠地用短刀抵住祖青的喉頭，讓他無法繼續說下去。

刀刃已經沒入皮膚之下，鮮紅色的血夜慢慢滲出，而突如其來的攻擊，也讓喬裝成客人坐在其他座位的保鑣們全都起身，拔出手槍對準被銀白髮絲覆蓋的頭顱。

這時左牧才發現，原來店內所有的客人都是青盤組的人，怪不得這傢伙能夠如此悠哉地走進來。

不過，從服務生驚慌的表情看來，店裡的員工應該是不知道這件事的。

「住手，兔子。」

由於整個空間太過安靜，左牧的聲音清晰地傳入所有人耳中。

拿著軍刀的兔子也因為這個簡單的命令，收回手，從桌上跳下來。

雖然被所有人的槍口瞄準，他卻一點也不在乎，就只是這樣呆呆地站在左牧旁邊。

左牧嘆口氣，翹起二郎腿。

「抱歉，我的人因為你剛才的發言有點『危險』，所以才會忍不住動手。」

祖青摸摸下巴，老實說他還有些緊張，明明已經面對過無數次凶險，但剛才那個瞬間，卻是最令他恐懼的一次。

祖青看著兔子，這男人身上散發出的「氣息」，跟他在與「困獸」會面時曾見過的殺手一模一樣。

他舉手示意所有人放下槍，臉上卻已經沒辦法保持之前那種悠哉的笑容。

「怪不得『困獸』要對你出手，原來是你搶了他們的人。」

左牧勾起嘴角冷笑，「你覺得他們的人是『搶』得了的嗎？」

「哈……說得也是。」祖青尷尬苦笑，不由自主地冒出冷汗。

他稍稍收起傲慢的態度，因為他清楚地知道，左牧並不是能夠隨便敷衍的對象。

「那，你找我有什麼事？」

「我想跟他們見面。」

祖青大感意外，不過羅本聽到後反而沒什麼表情，也不知道他是早就猜到，又者是不在乎左牧到底在盤算什麼。

「……正常來說，沒人會想跟追殺自己的人見面吧。」

「我討厭拖著不管，反正最後都還是要面對的，倒不如直接點。」

「你在這方面還挺有男子氣概的。」

「只是懶得跟對方拖下去而已。」

祖青大口嘆氣，這種出乎意料的結果，連他都想不到。

他把頭轉到旁邊，帶著些許不悅的態度，用眼神向羅本抱怨。

羅本沒理他，反倒開始對站在旁邊發呆的兔子說教。

「不是講好了不准出手？你這樣又要被左牧討厭了。」

兔子一聽見羅本這樣說，嚇到眼淚往下掉，急忙跳到左牧身上緊抱不放。

左牧早就已經習慣兔子的行為了，眼神徹底死亡，完全放棄了治療。

說真的，這幅搞笑畫面讓祖青和他那群保鑣全都說不出話來，明明幾分鐘前四周還瀰漫著殺戮的緊張氣息，現在卻變得像在看喜劇般輕鬆。

三溫暖般的冷熱差，讓所有人開始思考人生。

正當祖青左右為難，猶豫著該不該答應的時候，一個毫無存在感的男人默默把手搭在他的右肩上。

祖青愣了半秒，轉過頭，怎麼樣也沒想到會在這裡見到他。

「你怎麼……我不是說過今天店裡暫時不接外客？」

「我臨時有事要找你，不過現在比起我，感覺你們在討論的事情更加有趣。」

男人帶著笑容抬起頭，欣賞左牧和羅本錯愕的表情，揚起嘴角，「好久不見了，左牧。」

羅本和兔子一見到對方，立刻就將左牧護在身後，左牧則是因為坐在沙發上的關係，差點沒被他們兩個擠壓到缺氧。

祖青很難得看見羅本這麼明顯地表現出厭惡，不由得問：「你到底做過什麼事？他們看起來很討厭你。」

「討厭？我倒不這麼認為，畢竟我們是一起逃出來的同伴——你說對吧，左牧？」

說不驚訝是假的，但，還不至於到需要防備這個男人。

左牧好不容易推開羅本和兔子，從兩人的保護中掙脫出來。

「你怎麼會在這裡啊，邱珩少。」

他記得邱珩少現在應該在國外進行研究才對，沒想到他竟然會出現在臺灣。

邱珩少還是老樣子，蒼白的肌膚配上那深沉的黑眼圈，不僅如此，比起在島上那時，現在的他看起來態度更加傲慢。

「我是因為工作才過來的，剛下飛機沒多久，想說放鬆一下，就跑來青盤組的酒吧喝酒，沒想到會遇見熟面孔。」

羅本不悅地咋舌，「為什麼聽起來你跟青盤組很熟？」

「他是我們的藥物供應商。」祖青老實地回答。

「就是這樣。」不用解釋讓邱珩少很開心。

左牧搔搔頭髮，「你不是有工作要做嗎？還不快點滾。」

「如果我說跟我交易的對象就是『困獸』的話，你會對我產生興趣嗎？」

左牧頓時無言，最後也只能默默接受，讓邱珩少繼續待在這。

「你明明就跟我同時回歸社會，為什麼看起來好像已經跟很多麻煩的傢伙打好關係了？」

「當然是因為我是天才，而且這個圈子很單純，只要有實力，其他都不是問題。」

「我果然很討厭你。」

祖青默默聽著邱珩少和左牧的對話，他本來就覺得邱珩少是個不好搞的變態，沒想到這傢伙竟然還和左牧互相認識。

而且從他們的對話聽起來，似乎也都跟羅本去過的那座島有關係。

雖說他因為跟羅本是舊識，才會破例接受他的要求，答應跟左牧見面，沒想到麻煩的人物一個個跳出來，這讓他覺得事情變得越來越棘手了。

說真的，跟「困獸」有關的事情他不是很想參與，更何況他那個被羅本抓住的手下，就是被「困獸」的殺手滅口的。

除了收拾善後之外，更重要的是，那是在向青盤組暗示——別再搞砸。

「抱歉，你們能不能晚點再敘舊？我現在可是煩惱到快胃穿孔了。」祖青臉色有些不太好，也不再像剛開始那樣展露笑容。

相反地，羅本倒是笑著對他說：「現在這樣才比較像你，祖青。剛走進來時那個只會笑臉迎人的傢伙，和你一點都不像。」

祖青愣在那，耳朵因為害羞而躁紅。

原本是想要以那樣的態度來表現出青盤組的強勢，沒想到全被羅本看破，怪不得羅本剛見到他的時候，態度會那麼冷淡。

「吵死了。」祖青咬牙切齒，接著一揮手，將周圍裝作客人的保鑣們全都撤走，同時把服務生找來。

「上酒菜。」

「是……是的。」

服務生看起來還有些發抖，不過動作倒是挺俐落，乖乖照著祖青的話去做。

邱珩少拉開椅子與他們同桌而坐，除此之外，羅本還抬起頭對著天花板說：

「喂，你也來吧，反正大家都是自己人。」

祖青剛開始還不明白羅本在跟誰說話，直到瞥見天花板上有人影迅速落下，這才發現，在場還有一個沒見過的陌生人。

黑兔抬起頭，整張臉皺在一起，看起來相當不願意的樣子。

他隨手拉開身後的椅子反坐，連他們的桌子也不想靠近，但這樣就足夠了。

在服務生送上調酒和餐點後，左牧舉起杯子笑道：「那麼，開始聊天吧！各位。」

所有人手裡拿著酒杯，全都沒有笑容。

此時此刻，他們心裡想著的是同一句話──這怎麼看都不是「聊天」的氣氛好嗎！

而且不知道什麼時候，兔子已經轉而坐在沙發上，讓左牧直接坐在自己的大腿上，看起來一臉滿足的樣子，跟剛才差點割開祖青喉嚨的模樣完全相反。

祖青之外的所有人早就習以為常，甚至主動開始吃東西。尤其是左牧，竟然還能用平靜的表情捲義大利麵來吃。

羅本開始評論起餐點口味，而邱珩少則是拿出裝著奇怪液體的瓶子，看起來想要偷偷倒進酒杯裡，卻被眼明手快的羅本阻止。

跟這四個人同桌用餐簡直詭異到不行，但祖青也只能被迫接受現實。

他悄悄地轉移目光，看著與他們保持距離、完全不想吃東西也不喝酒的黑兔，突然覺得有點眼熟，但又想不起來在哪見過。

祖青不經意地和對方四目相交，發現他一直盯著自己之後，黑兔用猙獰的凶惡表情狠狠反敬。

祖青立刻收回視線，回過神發現冷汗不斷冒出來，怎麼樣都停不了。

明明自己是統治這附近的黑道老大，連這家店都是他的，但在這群人面前，他忽然覺得自己渺小得可悲。

「祖青，你怎麼不吃？」羅本看到祖青連筷子都沒動，就順口提問。

左牧看到祖青露出苦笑，就擅自拿自己的叉子叉了個肉丸，塞進他嘴裡。

「放輕鬆，我沒打算給你帶來什麼麻煩。」

「唔呃呃……」

左牧雖然這樣講，但他剛才那一插，完全沒拿捏力道，差點沒刺穿祖青的喉嚨。

而且祖青還一直被兔子用非常可怕的表情狠狠瞪著，更帶著殺人般的壓迫感，害他完全沒辦法把嘴裡的肉丸嚥下去。

左牧大概是察覺到這件事，轉而又起另一顆肉丸塞進兔子的嘴裡。

前一秒還像是鬼神般要殺人的兔子，立刻被滿足，露出花朵齊放的燦爛笑容，似乎捨不得把肉丸吞下去似地含在口中。

不過最後還是被羅本掐住鼻子，強逼他吞下去。

「我不會給你帶來什麼麻煩的，你只要帶我去見『困獸』的人就好。」

「明明才剛從他們手裡逃出來，為什麼要特地去送死？」

「放心，我沒打算去自殺。」

祖青觀察左牧的神情，知道他沒有在說謊。

也就是說，他是有計畫地行動吧。

「……我知道了，正好對方剛給我一份新委託。」

「委託？」

「綁架刑警的委託。」

左牧聽完後垮下臉來，「嗚哇，還來？那些傢伙還真的不懂得死心。」

「用不著擔心，這次的目標並不是你。」

祖青雖然沒有確切說出目標是誰，但左牧在聽完後，心裡已經有底了。

這機會猶如天上掉下來的美食，來得正是時候。

既然對方這麼喜歡綁架刑警，那麼他就來實現他們的願望吧。

BEFORE THE END OF THE GAME

規則七：有一就有二

ゲームが終わる前に

青盤組裡基本上都是年輕人，身為首領的祖青更是只有二十多歲的年輕老大。雖然從年紀來看不是那麼可靠，但祖青的行事作風果斷、有秩序地控管成員，並且計畫性地將組織培養起來，反而有不少崇拜者追隨。

相對的，因為青盤組的成長過於迅速，讓他們很快就成為其他同行的眼中釘，而就在四面楚歌時，一個自稱「困獸」的組織主動找上他們。

只要是同行，都知道或聽過「困獸」這個恐怖犯罪集團的存在，所以祖青很清楚對方是什麼樣的人，自然不可能用輕鬆的心情面對。

更何況，當時他們青盤組還只是個無足輕重的小組織，照道理來說像這樣的大集團，不可能會找上他們才對。

但不知道為什麼，對方竟提出合作的要求，開出的條件除了替「困獸」找尋能訓練成殺手的「原石」之外，連事後收尾以及屍體的處置工作也要全部包辦。

只要能夠做到這些，「困獸」就會確保青盤組的地位，幫助他們往上爬。

當時的祖青沒有太多選擇權，因為他不敢保證拒絕「困獸」會有什麼後果。

看似是雙贏的條件交換，但實際上，他們是被「困獸」控制的黑道集團。

話雖如此，「困獸」確實也幫助他們不少，也因為有「困獸」出手，青盤組才能在短時間內取得如此穩固的地位。

如今青盤組已成長茁壯，不需要繼續活在「困獸」的魔爪之下，所以本來祖青就有在策畫要和對方斬斷關係，只不過始終看不到任何機會，直到羅本聯絡他。

「困獸」出於某種理由，急著想要殺掉左牧，甚至不惜大動作綁架——直到和這群人見面後，祖青才明白為什麼。

左牧雖然是名刑警，行事作風卻完全不像，在他身上偶爾會感覺到「正義」，但更多的是不懷好意的想法。

比起伸張正義，左牧的做法比較像是要平息事態，僅此而已。

如同現在。

青盤組之前綁架左牧的方式，是尾隨後偷襲，並將人迅速帶到第二地點「交貨」給另外一批人，再由他們把「目標貨物」轉送到「困獸」指定的地點。

左牧當時因為車禍撞擊，完全不知道這中間的過程，如今能夠親自參與，說真的他覺得挺有趣的，連嘴角都不自覺上揚。

坐在駕駛座的羅本看到身旁那張不懷好意的側臉，雙手環胸，投以不耐的目光。

「你為什麼看起來這麼高興啊？他們可是在幾天前用同樣的手法綁架了你。」

「啊，表現出來了？」左牧摸摸臉，不清楚自己現在是什麼樣的表情，但他會覺得有趣的理由並不是參與整起綁架案的過程，而是他們綁架的「對象」。

左牧很期待「困獸」的下個目標會是誰，不過，其實他心裡也早就有了懷疑人選。

悠閒地坐在車內，待在倉庫裡面等待的他們，很快就看到門口有車燈閃過。一輛黑色大車開進來，動作迅速地將戴著頭套、昏迷不醒的人搬下來，扔到左牧他們停在倉庫深處的這輛車的後座。

綁人的這幾名年輕黑道並沒有開口攀談，而左牧和羅本則是在「貨物」上車後，直接開往指定地點。

後座很安靜，但頭套裡面卻滲出一滴滴的鮮血，「貨物」身上的衣服不但髒兮兮，還染著鮮血。雖然不知道那些人是用什麼方式把人綁來，但可以想像，絕對不是什麼友善的邀請。

羅本開著車進入深山，這座山和他們當時找到左牧的山，以及發現阿豪屍體的山區完全不同，看樣子「困獸」的地盤不只一處，怪不得這麼難鎖定。

越往裡開，道路就變得越來越狹窄，直到前方的路被雜草淹沒為止。

手機螢幕突然亮起，羅本拿起來閱讀訊息後，嘆了口氣。

「對方要我繼續往前開，怎麼辦？」

「照做，不能讓對方起疑。」

「……咬到舌頭我可不管。」

羅本將車開入草叢內，起伏不平的路面相當難行駛，眼前一片漆黑，只能依靠車燈來勉強看清楚前方。

這樣的路況真的很讓人反胃，左牧覺得晚餐都快吐出來了，好不容易才撐住。

在沒有人車行經的草叢裡勉強開道行駛，大概過十幾分鐘的時間後，他們抵達了一棟有點破舊的兩層樓平房。

這裡和之前左牧被帶去的監獄完全不同，但房子還算大，雖然外觀看起來破舊，可是建築構造還算新，比起被人拋棄的舊屋，更像是蓋完後就被人棄置的空屋，不禁讓左牧想起在島上的「巢」。

話又說回來，誰會在這種鬼地方蓋房子？不但沒有路，連門牌都沒有，很顯然當初蓋這棟房子的人並不想讓人發現，要不然誰會選擇住在這種鳥不生蛋的地方。

羅本又看了一眼手機上的訊息指示，下車把後坐的人單肩扛起。

左牧幫不上忙，就只是跟在他身後，特意用帽T的兜帽蓋住頭部，保險起見還戴上了口罩，雙手插入口袋。

屋子的周圍很安靜，安靜到讓人打從心底感到恐懼，但左牧和羅本仍冷靜地將「貨物」扛進門，放在指定的房間裡。

左牧原本想幫忙把頭套拿下來，卻被羅本抓住手阻止。

他轉頭與羅本四目相交，看見他一臉嚴肅地搖頭，這才放棄。

兩人在這之後順利走出大門，回到車內，這段時間什麼也沒發生，除他們之外沒有任何人出現。

可是在回到車內後，羅本卻開口對他說：「有人在觀察我們，最好不要有多餘的舉動。」

「狙擊手的直覺？」

「我對『目光』是很敏銳的，信我的話準沒錯。」

羅本沒有馬上發動引擎，而是和左牧坐在車內，靜靜等待時間過去。

左牧等到有點睏，忍不住開始打瞌睡，直到被羅本叫醒。

「有人來了。」

「呃！什……什麼？」

左牧猛然驚醒，連口水都差點滴下來。

與他不同，一直沒有放鬆戒心的羅本，若有所思地垂下眼眸，目不轉睛地盯著車窗看。

左牧不知道他在看什麼，車窗外一片漆黑，什麼也看不到。

正當他瞇起眼想仔細研究的時候，忽然聽見有人輕敲駕駛座車窗的聲音。

左牧嚇了一跳，羅本倒是很冷靜，因為他早就看到對方走過來了。

羅本毫不猶豫地打開車窗，對方迅速把手伸進來，將放在方向盤左上方的手機拿走，接著就消失在黑暗中。

這個行為表示對方已確實收到「貨物」，他們可以離開的意思。

「接下來怎麼做？」

左牧最開始只有向祖青提出要擔任「送貨人」的角色，其他的並沒有多說。雖然羅本隱約猜到左牧想利用這個機會，直接跟「困獸」的人面對面，但他不認為有那麼簡單。

左牧並沒有回答他的問題，而是自顧自地開門下車。

羅本差點沒被左牧嚇死，他都說了周圍有人在看著他們，為什麼還這麼大膽行動！

他急忙跟著下車，才剛張開嘴，想問清楚左牧在計畫什麼，沒想到就聽見左牧大聲對著那棟黑漆漆的房子吼道：「dungeon beast！你們現在已經被警方包圍，最好乖乖投降，否則——」

果不其然，左牧連話都還沒說完，一發子彈就不知道從哪射了出來。

幸好羅本反應夠快，早就發現在黑暗中反射的狙擊鏡光芒，用力抓住左牧的手腕，把他拉離狙擊位置。

子彈貫穿車窗，直直射入坐墊裡面，但左牧看起來卻完全不在乎。

「你在搞什麼啊！我可沒聽說你要做這種事！」

羅本咬牙切齒地抱怨，被左牧完全無視。

左牧繼續大聲說道：「就這樣殺掉我沒問題嗎？你們殺掉的那名刑警的調查紀錄可是全都在我手裡，當然，裡面也有關於你們組織的犯罪證據。」

當然，這是左牧亂說的。

他手裡確實有阿豪針對「困獸」的調查，但實際上都不是什麼有力的情報，也沒有所謂的「犯罪證據」。

安靜幾秒後，左牧確定對方沒有狙擊第二發的意圖，也就是說他的猜測是正確的。

「困獸」認為黑兔和他的同伙已經找到他們組織的犯罪證據，並交給正在調查他們的刑警。

因此他們決定殺死阿豪，只要他一死，必定會有刑警要接下他手中正在調查的案子，而「困獸」有著百分之百的把握能夠取得那些調查資料，才會做出殺掉阿豪的決定。

但計畫不如預期，最終這個案子交到左牧的手中，所以接下來他就成為了目標。

緊接著又出現計畫之外的事——那就是黑兔的協助以及兔子的出現。

至於原先「困獸」為什麼會有如此大的自信，再加上為什麼在身為刑警的左牧失蹤後，警方並沒有立刻展開搜索和追捕，而只是當作普通車禍來處理，這全都證明了一個事實。

有刑警在暗中協助「困獸」。

起先左牧懷疑過可能會是高層人士，但如果是這樣的話，局長也不會特地把他找來接手阿豪的案子。那麼剩下的，就只有一個可能性。

跟阿豪關係親近、知道阿豪的行蹤和正在調查的案子、負責處理阿豪死亡現場的勘驗，以及處理左牧被綁架的車禍現場……能做到這些的，只有一個人。

「王學承，難道你就沒有什麼話要當面對我說的嗎？」

當他說出這三個字的同時，羅本感覺到周圍的「視線」越來越多，而且也越來越充滿威脅性質。

空氣中傳來令人恐懼的氣氛，而從那棟黑漆漆的屋子裡，手持頭套、滿臉鮮血的男人也慢慢走了出來。

他笑看著左牧，左牧也勾起嘴角，回以微笑。

「我明明隱藏得很完美，你怎麼可能會猜到是我？」

「阿豪的案子如果不是由我接手的話，照理來說應該是會交給你處理，所以我一開始就有在懷疑你。」

聞言，王學承不禁攤手。

「最近跟阿豪一起行動的是黃哥，我還以為你會先調查他。」

「當然，黃哥也在我的嫌疑人名單裡，但如果我是阿豪的搭檔，就不會選擇這麼顯眼的方式行動。明知道搭檔死亡後自己會最先被列為嫌疑犯，怎麼可能會對他出手。」

左牧一臉平靜地回答，仔細說明自己的觀察和想法。

王學承沒說什麼，只是靜靜聽他繼續說下去。

「至於你的話，就算對阿豪出手也沒什麼關係，他的死並不會『直接』懷疑到你身上來。再說，只要在阿豪死後用『想為同期伸張正義』這類藉口，很容易就能得到局長的同意，拿到阿豪的案子。」

左牧自信滿滿地笑道：「你大概沒想到，局長會把案子交給我。」

「……所以我才說，你很麻煩啊，左牧。局長本來就不該把你找回來接這個案子，如果能照我原本的計畫走，事情也不會變成這樣。」

王學承將手中的頭套扔在一旁，以袖口擦掉頭上的血跡。

他那副完全沒受傷的姿態，也在左牧的預料之中，畢竟他早就從祖青那裡得知了王學承的計畫。

——「困獸」再次委託青盤組綁架刑警，而這名刑警正是王學承。

祖青將這個計畫告訴左牧，而左牧詢問大致上的情況後，拜託祖青讓他擔任中間的「送貨人」，並且刻意讓祖青把這個計畫告訴「困獸」，讓他們提早知道他會出現。

看似青盤組是和「困獸」合作，但實際上這全都是左牧安排的計畫。

而祖青選擇和左牧合作，而不是聽從「困獸」命令的理由非常簡單。

青盤組不能永遠受「困獸」控制，祖青知道總有一天必須和那個組織切割，所以讓「困獸」再也不能干涉青盤組，這就是他選擇幫助左牧的最主要原因。

雖然心裡多少還是對於左牧的能力保持懷疑態度，但既然都能從那座沒人能逃出的島上平安歸來，那麼要對付「困獸」的話，成功率肯定比祖青自己來或其他人更高。

不過，祖青考慮的也不只這點，還有出自於對羅本的信任。

坦白講，他不太相信左牧，但他相信羅本的眼光，而左牧也明白這點。

既然對方願意把所有籌碼壓在他身上，那麼左牧自然不可能失敗。

和左牧有多年交情的王學承比任何人都清楚，眼前的男人有多麼難對付。不過，王學承篤定青盤組不可能背叛，加上左牧充滿自信的態度，恐怕還不知道青盤組早就把他的計畫全部告訴了「困獸」，而「困獸」也為此做好了準備。

只是，左牧身邊不只有羅本，還有兔子跟黑兔，但另外兩人卻不知道躲在哪裡。

雖然王學承安排了二十多人埋伏在這棟房屋周圍，從左牧的表情來看，似乎也發現了他的部屬，可是不但沒有半點畏懼，甚至露出從容的態度。

果然，這男人的心臟有夠大顆，若是其他人的話，恐怕早就被強烈的恐懼感壓到喘不過氣來。

「如果阿豪沒有主動調查『困獸』，也不會落到那種下場。」

左牧挑眉，「你的意思是，追求正義的阿豪是錯的，而你才是正確的？」

「呵，哈哈！」王學承不由得笑出聲，「本來就沒有什麼對錯問題，畢竟你認為的『正確』，和我的『正確』是完全不同的東西。」

「說得也是，所以我不打算用什麼伸張正義或是刑警的口吻對你說教。」

「我知道，你是想替阿豪報仇對吧？」

「說報仇有點誇張，但如果真要我給個解釋的話……」左牧摸著下巴，瞇起眼眸，冷冰冰地說道：「大概是我看不慣你的行事作為。」

左牧剛把話說完，突然有個圓形的物體從旁邊扔過來，不偏不倚地落在兩人之間的空地上。

周圍沒有燈可以看清楚那是什麼，直到月光緩緩地照亮屋子。

同時，王學承也清楚看到圓形物體的真面目——是一顆頭顱。

頭顱死前充滿恐懼，猙獰的表情和無法瞑目的瞪大雙眸，讓人不由自主地顫抖起來，就連王學承也有點被嚇到。

他很快便認出這顆頭顱，就是他安排在屋頂待命，負責開槍狙擊左牧的狙擊手。

王學承冷著一張臉，迅速抬起手示意，接著屋內所有的燈全部點亮，加上庭院以及周圍的草叢，全都打上光。

整片區域就像是黑夜中唯一的白晝，沒有人能隱藏於黑暗之中。

二十幾名身穿迷彩裝、戴著白色面具的殺手慢慢聚集，將羅本和左牧團團包圍。

他們的手上沒有持槍，取而代之的是銳利的軍刀，左牧慢慢掃視這些人，覺得他們就像剛遇到的兔子一樣，有種難以接近的氣息。

然而不同的是，兔子雖然是嗜血的殺人魔，但至少還有一絲「人性」，也會乖乖聽從左牧的命令和要求，而這些人身上卻完全感覺不到這些。

「這就是『困獸』訓練出來的殺手？」

「你可別小看這些人，他們每個人的實力，都能和你的『寵物』相提並論。」

「嗯──」左牧摸著下巴，笑咪咪地說：「這就很難說了吧？」

在左牧說完話的同時，屋頂上有兩個人影跳下，不偏不倚地落在這群殺手之中。

戴面具的殺手們根本沒有住意到他們的氣息，反應過來的時候，兩名同伴已經被短刀割喉，倒地不起。

所有人先愣在原地幾秒，接著默契地分成三組人馬，就像是早已經計畫好要如何行動一樣。

有些人主動迎敵，有些人則是留守在王學承身邊，而絕大多數的人，全都朝左牧與羅本的方向衝過去。

羅本不悅地咋舌，他本來就不擅長近身戰，更不用說這些人的實力能跟兔子抗衡，光靠他是根本保護不了左牧。

但，左牧早就料到會變成這樣，從口袋裡拿出事先藏好的閃光彈，用力砸向地面。

強烈的閃光成功阻止殺手們的行動，左牧和羅本也趁這個機會，打算進入車內暫避。沒想到這群殺手很快就恢復視力，用比他們還快的速度，抓住了左牧和羅本。

羅本雖然早有心理準備這些人會很難應付，但沒想到這麼誇張。

不過，他的近戰能力是比兔子弱沒錯，可是要自己一個人擺脫這些人還是綽綽有餘。

羅本用肩膀高高頂起抓住他的人，重摔在地，接著迅速掃腿將後面追過來的第二個人放倒。只可惜，對方早就已經注意到他的行動，單手抓住他的小腿。

眼看那名殺手舉起手，羅本驚覺不妙——那動作是想要把他的小腿折斷！

他的心跳差點漏一拍，但他害怕的事情卻沒有發生，眼前的人很快就從背後被扣住下巴，直接向後反折。

清清楚楚傳來骨頭龜裂的脆響後，對方倒地不起，羅本也重獲自由。

「別添麻煩，做好你的工作。」

黑兔十分不滿地瞪著羅本，這讓羅本很不是滋味。

該死，為什麼每次都要他這個擅長遠距離攻擊的人，來當左牧的貼身保鑣！

羅本回頭想去幫左牧，卻發現剛才把左牧包圍起來的殺手全都被兔子秒殺了。

看著兔子全身染血，拎著一名面具被打爛、嘴角不斷吐血、全身抽搐的殺手，那畫面比任何恐怖片還要可怕。

左牧倒是沒什麼反應，冷靜地對兔子說：「你們的速度會不會太快了點？虧對方還這麼有自信，說什麼這些傢伙每個人的能力都跟你差不多。」

兔子把這句話當成讚美，笑得很開心，完全忘記自己臉上全是別人的血。

左牧看了眼滿地的屍體，接著往屋子的方向看過去。

果然，趁著這場混亂，王學承早就不知道逃到哪去了。

大概是因為看到了兔子和黑兔的實力與自己人的差距有多大，因此果斷選擇逃跑。不得不說，王學承判斷危機的態度還算正確。

「沒辦法了……這樣勉強算是目的達成，我們回去吧。」

說完，左牧便轉身打算離開這片血跡斑斑的草叢，但沒過多久，下山的想法徹底破碎——因為他們開過來的車子，四顆輪胎不知道在什麼時候被人戳破了。

車體雖然沒有什麼問題，引擎和油箱也都沒受損，可是沒有輪胎的話，就無法「安全」開下山。

羅本眼看計畫不如預期，轉頭看向左牧，想問接下來該怎麼做，沒想到左牧竟然冷靜地對他們說：「看樣子，我們的危機還沒解除。」

揪出王學承只是左牧的其中一個目的，他並沒有直接把王學承逮回警局的想法，只是要讓「困獸」對自己出手罷了，所以本來就打算放他走。

在知道自己組織的情報洩漏的情況下，對方肯定會在短時間內出現在左牧面前，只要能讓躲藏在暗處的組織「主動」現身，這個計畫就是成功的。

原本左牧以為會需要幾天時間對方才會找上門，沒想到會是「現在」。

兔子和黑兔的表情也變得十分認真，似乎也感覺到周圍的氣氛有些不同。

明明除了護衛王學承離開這裡的幾名殺手之外，其餘人全都被他們兩個殺光了，但是仍然無法大意。

這感覺，他跟兔子都再熟悉不過，是「同類」的氣息。

相較於這些戴面具的殺手，這些「殺意」的氣氛更加令人恐懼——這正是讓黑兔擔心的狀況。

「……先退回去屋裡。」

黑兔向左牧提議，左牧也點點頭，四人就這樣慢慢退回那棟雙層平房。

他們關好門，並用沙發把正門堵住，羅本找到屋內總開關位置，將電源關閉，利用屋內的黑暗來掩蓋四人的身影。外面的燈光也跟著暗了下來，看樣子那些照明使用的也是屋內的電源。

利用夜色來隱藏雖然能夠讓人短暫地感到安心，但同樣的，他們也沒辦法清楚看到敵人的位置。

羅本忍不住問左牧：「躲在這裡真的沒問題？」

「總比在空曠的區域好，不過時間越長對我們越不利。」

左牧當然也不想這樣做，他很清楚危險性有多高，但這樣做至少能夠為他們拖延一些時間。

他不是沒想過「困獸」會跟在他和王學承的屁股後面行動的可能性，只是覺得機率偏低，低到他還來不及思考要如何應對。

羅本嘆口氣，「我現在沒武器，這樣就算真的發生什麼事情，也幫不上忙。」

話才剛說完，兔子就像是恍然大悟一樣，「咚咚咚」地跑走，幾分鐘後拿著沾滿鮮血、扳機上還掛著手指的狙擊槍回來。

兔子乖巧地將狙擊槍遞給羅本，羅本也只能苦笑。

他連問都不想問這把狙擊槍是從哪來的，不過從槍枝的狀況來推測，大概原主人就是剛才狙擊左牧的那名狙擊手吧。

羅本開始研究這把狙擊槍，還不忘碎碎念，絕大多數是抱怨這把槍保養得有夠糟糕，以及光有槍沒子彈有什麼屁用這些話。

兔子或許只是認為他需要狙擊槍而已，根本沒想到子彈的問題。

羅本的武器問題暫時解決，左牧也利用這段時間，稍微在屋內逛了一圈。

他特意避開窗口，帶著黑兔和兔子爬上二樓，簡單地搜查完這個地方。

結論，這只是間普通的民宅，什麼也沒有。

眼看事已至此，左牧又沒有什麼可靠的辦法能改善現狀，令黑兔深深嘆息。

是他選擇錯誤嗎？左牧並不如他想的那樣，能夠對付「困獸」。

果然，想與組織為敵，本來就是愚蠢至極的選擇，無論是因此被獵殺的同伴，或是充滿自信要他們協助自己的阿豪，到最後，都只是一場空。

「抱歉，如果我當初沒有答應阿豪，要幫他揭穿組織的話，也不會變成這樣。」

黑兔突如其來的道歉，令左牧驚訝不已。

他眨眨眼，看著黑兔糾結的表情，只差沒笑出聲。

「……原來你們不是所有人都跟兔子一樣，像個沒常識的小孩子。」

「大部分的人都在組織的訓練下變得沒有自我想法，就像你剛才看到的那些戴著面具的殺手，少部分的人才依舊保有人性，繼而做出選擇。」

「你也是『少部分的人』之一？」

「嗯，但也有像三十一號這樣，單純是為了某種執著而行動。」

「別那樣叫他，現在這傢伙叫兔子，而你則是黑兔。」

左牧皺緊眉頭，糾正黑兔的言詞。

黑兔愣了幾秒，看著兔子用充滿愛心的眼神盯著左牧，這肉麻的氣氛讓他覺得自己不該再繼續待在兩人身邊。

於是他主動提議：「我到屋頂去看看狀況，敵人已經靠得很近，但是沒有行動，這讓我覺得有點詭異。」

說完黑兔就想離開，卻不知道為什麼被左牧緊緊抓住手腕。

「等等，現在出去的話太顯眼，再等一陣子。」

黑兔冷汗直冒，因為兔子正用著要把他碎屍萬段的忌妒眼神狠狠瞪著他。

為什麼情況越變越像他是小三，被正宮抓個正著的感覺？明明是左牧自己主動抓住他，又不是他出的手！

「呃，我知道了，你先放手，不然三十一號……」

話還沒說完，突然有人從旁邊的窗戶撞進來。

誰也沒有事先注意到，敵人的出現，在瞬間打破他們之間的緊張氣氛。

黑兔立刻抽出手槍，而兔子也迅速單手環住左牧的腰，與敵人拉開安全距離。

對方穿著深色大衣，全身披著玻璃碎片，慢慢把頭抬了起來。

背對月光的身影，以及那戴著防毒面具的臉，令左牧回想起在島上的糟糕時光。

——他的運氣，果然有夠背！

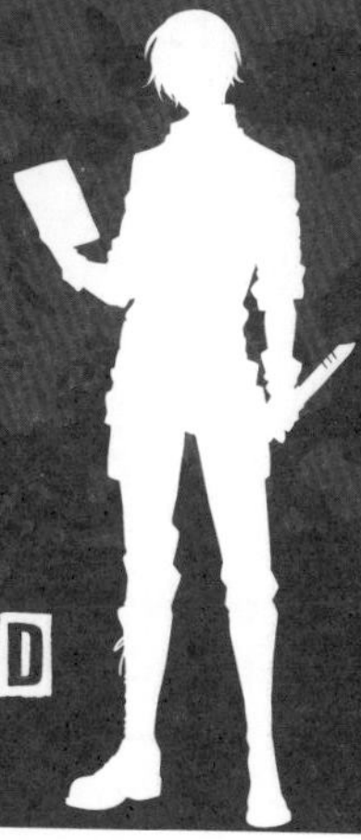

BEFORE THE END OF THE GAME

規則八：惡夢再臨

ゲームが終わる前に

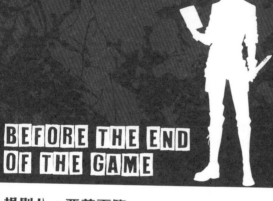

戴著防毒面具的男人，二話不說便將手伸向左牧的脖子，但很快就被兔子揮開，直接抓起左牧往樓梯方向奔跑。

男人想要追過去，卻被黑兔擋住去路，只能眼睜睜看著兔子將左牧帶走。手裡有槍的黑兔沒有選擇開槍，而是抓住男人的手，將那具比他還要高大的身體用肩膀頂起來，直接送給對方一記過肩摔。

震動聲傳到一樓，終於讓沉溺在狙擊槍中的羅本回過神，結果還來不及搞清楚發生了什麼事，就看到兔子拎著左牧從樓梯上跳下來。

「嗚哇！什、什麼？」

羅本還處於驚訝之中，下個瞬間看見兩人身後有道黑影跟在後面，他立刻看出那個人影不是與他們同行的黑兔，二話不說便舉起狙擊槍，扣下扳機。

子彈準確無誤地打中對方的眉心，但那個人卻只是因為後座力將頭往後仰，幾秒之後便若無其事地繼續追過來。

看到這場面，羅本真的傻眼了。

這種距離下的狙擊槍子彈可是能夠貫穿水泥牆的，然而對方非但沒有腦袋破洞，甚至看起來完全沒有受到半點影響。

瞬間的惡寒讓羅本沒有辦法再往下思考，全身的細胞都在發出警告，讓他回想起在那座島上的惡夢。

才剛停止去想敵人是從哪進入屋內的事，對危機的直覺反應便驅使雙腿離開原位，近乎同一時間，從陰暗處冒出一個男人用力朝羅本揮刀。

羅本根本沒時間驚訝，這把揮空的刀擦過了自己的鼻尖，如果他沒即時跳走的話，那把刀恐怕已經把他的頭砍下來了。

好險──看來他的危機意識並沒有因為最近的安逸生活而鬆懈。

兔子見到羅本那邊也有敵人，原本要過去會合的腳步立即轉移方向，頭也不回地遠離羅本所在的客廳，返身往一樓深處的走廊跑過去。

眼看自己被兔子扔下，面前還有個拿著開山刀、身型巨大的男人，羅本知道兔子做出的選擇是正確的，可心裡還是有些無奈。

雖然他們的職責就是要保護左牧，但兔子毫不猶豫的態度，還是令人心寒。

他是真心不擅長肉搏戰，如果不拉開距離的話，小命很快就沒了。

束手無策的羅本，只能靠自己來面對這個恐怖的敵人。

剛才被他狙擊命中的追兵跟在兔子身後，所以羅本想著要不要把敵人往二樓方向帶走，至少能夠遠離左牧，確保他的安危。

可是他又想了想，如果說他們真想要取左牧的命，那麼應該所有敵人都會主攻左牧才對，現在這樣反而像是各自有要針對的目標。

羅本嚥下口水，仔細聆聽屋內的動靜。

他從腳步聲中判斷出樓上有兩個人，除此之外似乎沒有其他敵人入侵，也就是說，包含他面前的男人在內，總共有三名敵人，正好可以對付他們三個。

而且更惡趣味的是——對方戴著防毒面具，簡直就像島上的「面具型」罪犯。

「嘖……害我想起討厭的回憶。」

羅本握緊手中的狙擊槍，緊張的冷汗沿著臉頰慢慢滑落。

「你這傢伙負責對付的目標，是我？」

對方並沒有回答羅本的問題，而是高舉手中的開山刀，往前踏步，與他縮短距離。

這個面具男的速度真的很快，羅本只能以狙擊槍為盾，勉強擋下刀子的攻擊，就算不能開槍，但至少還能拿來防禦。

他不打算攻擊對方，現在他能做的，就只有拖延時間。

羅本早就感覺出，這名戴著面具的男人所擁有的實力，和之前見到的敵人完全不同，對方所散發出的殺意，和兔子有幾分相似。

雖然不想這麼悲觀，但恐怕，入侵屋內的這三人就是黑兔口中提過的，那些與他們同樣擁有「號碼」做為名字的殺手。

在屋內迎戰困難度很高，可是羅本不認為到外面去會更有優勢。現在還不能確定敵人有多少，若這三人只是受命把他們逼出去的話，那就正中對方下懷了。

「嗚！」

羅本還在思考要怎麼做，對方卻一直砍過來，而且力道一次比一次大，他的雙手都開始麻痺了。

幾次砍擊過後，他發現狙擊槍身有些損壞，再這樣下去恐怕撐不了太久。即便想拉開距離，對方卻根本不給他機會。就在羅本陷入苦戰的時候，二樓突然有個巨大黑影墜落，不偏不倚地砸向他們。

他們兩人都及時發覺，立刻往兩側閃避，就這樣看著龐大的身軀重摔在地。

羅本還沒看清楚那是誰，黑兔的身影就已經先一步落在他眼前。

「你……你在搞什麼？」

黑兔冷冷地向後看了他一眼，面無表情地回答：「動作真慢。」

羅本聽他這樣講，十分不爽。

「我說過很多次我擅長的是遠距離暗殺！不是肉體拚搏！」

「這種事情我才不知道，殺人就是殺人，哪有分這麼多種。」

「我跟你們不同，別用你們的觀念隨便下判斷。」

兩人才交談幾秒，那名戴著防毒面具的男人又舉著開山刀衝過來，一腳狠狠踏在自己的同伴身上，根本不管對方死活，目的只有一個——

殺掉眼前兩人。

黑兔高高跳起，閃過橫揮過來的刀刃，左腳用力往下踩住刀身後，就這樣直接用右腿橫掃對方的頭部，直接把人踹飛出去。

如此可怕的力道，根本不像黑兔這種身材纖細的人辦得到的事，但那個男人確實是被他當成足球踢出去。

黑兔面無表情地看著敵人飛出去的方向，然而剛才被他摔下來的另一名敵人，竟然若無其事地爬起來，將短刀插向黑兔的小腿。

黑兔當然注意到了對方的攻擊，可是在他反擊前，遠處射過來的子彈卻先一步貫穿敵人握住刀柄的掌心。

在槍聲消散的同時，黑兔舉起腳，狠狠砸向敵人的後腦勺。

羅本彷彿聽見骨頭碎裂的清脆聲響，接著那個人就一動也不動了。

正當他想著，如果說這是「困獸」組織中擁有「號碼」且訓練有素的殺手，似乎沒有想像中厲害的時候，身後無聲無息地伸出一隻手，直接扣住他的下巴。

「糟！」

羅本來不及反應，而察覺到不對勁的黑兔，立刻衝過來。

他一手壓住羅本的肩膀，整個人跳過他，繞到後方去，另一手抓住敵人的防毒面具，硬生生將他從羅本的背後拉開。

羅本趁這個機會，拔出預藏在衣服裡的短刀，狠狠插進扣住他下巴的手臂。

明明鮮血狂流，黑兔也在使力分開兩人，但扣住羅本的手掌卻不為所動。

羅本感覺到自己的頸椎快要被折斷，變得越來越難呼吸。

再這樣下去，他真的會被折成兩半！

黑兔的眼眸中閃過厲光，強行把羅本的短刀搶過來，轉手刺入防毒面具的左眼位置。

受到傷害後，男人立刻鬆開囚禁羅本的手，黑兔也趁這個機會把羅本橫抱起來，以俐落的腳步飛躍至二樓。

羅本怎麼樣也沒想到自己竟然也會有被人公主抱的一天，此時此刻，他終於體會到左牧的尷尬心情，但問題是人命關天，他也沒得選。

左眼被插入短刀的男人，慢慢把刀子拔出來，甩在地上。

血流不止的傷口，甚至影響到防毒面具的視線，於是他便果斷地把面具卸下。

男人將頭轉向二樓方向，無視自己的傷口，就這樣直接追過去。

羅本能聽見追趕在他們身後的腳步聲，二樓的空間沒有多大，他們只能拉開距離，沒有辦法逃走。

話說回來，他們也根本逃不出去，擺在眼前的選擇就只有一個。

——殺死對方。

「你說你擅長遠距離攻擊對吧？」黑兔來到走廊盡頭的窗戶，將羅本放在地上，「從這邊爬到屋頂，我跟三十一號是在那裡把狙擊手幹掉的，他的子彈應該還放在那。」

「呃、什麼意……」

「沒時間廢話，總之照我說的去做。」

羅本嚥下口水，如今也只能聽從黑兔的指示。

他迅速鑽出窗戶，往樓頂方向移動，同時，那名左眼滿是鮮血的男人也已經追到黑兔面前。

男人看了一眼打開的窗戶，似乎猜到羅本的打算。黑兔捲起袖口，赤手空拳地朝他勾勾手指。

「不好意思啊，七十五號，我不會讓你靠近那傢伙一步的。」

男人愣在那，似乎沒想到黑兔竟然會知道他的「號碼」。

擁有「號碼」的殺手之間，幾乎沒人見過所有人，光靠面孔不可能馬上判斷出彼此的身分。

然而，黑兔卻十分篤定地說出他的「號碼」，明明他們是初次見面。

「看來這就是組織想要殺死你的原因。」

男人終於開口說話，聲音卻冰冷到令人恐懼。

他原本以為只是空穴來風的傳聞，可現在看來，應該是真的。

七號是「困獸」訓練出的殺手當中，唯一知道所有「號碼」容貌的男人，同時也是組織所有的追殺目標當中，被列為S級的危險人物。

七號被列為危險等級的原因，並不僅是他知道所有「號碼」的身分與長相，更因為他有著能夠徒手將人撕碎的強大腕力。

剛才若不是因為七十五號抓住羅本的下巴，恐怕早就被黑兔折成兩半，為了不讓他的力道傷害到羅本，因此才沒有強行把兩人拉開。

正當七十五號思考著自己面對這樣的敵人，究竟有沒有勝算的時候，黑兔已經壓低身體，用力向前蹬步，直衝向他的腹部位置。

七十五號再也沒機會思考，甩開大衣，將藏於後腰的第二把開山刀抽出來。

他將手掌貼於刀身，以雙手加雙腿的力量，才好不容易才接住黑兔的拳頭。

雖說成功擋住了攻擊，可是他的四肢肌肉都麻痺到難以動彈。

黑兔勾起嘴角，藏在黑色瀏海之下的血紅雙眸，向他閃爍著殺戮的光芒。

「來玩玩吧？希望你能比二十二號撐得更久。」

即便殺人無數、經驗豐富，又同樣擁有「號碼」——七十五號仍打從心底顫抖，對黑兔產生極大的恐懼。

這句話，百分百不是在跟他開玩笑。

「組織的命令是絕對的。」七十五號嘴上雖然這麼說，表情卻透露出害怕，雙眼更是不安地晃動著。

但，就算知道自己殺不死這個男人，他也不會退讓。

這就是身為「號碼」的他們，唯一的生存方式。

在一樓走廊狂奔的兔子，和被晃到快吐的左牧，仍在努力擺脫後方的追兵。

從二樓破窗而入的敵人已經被黑兔攔截，結果在他們衝下樓梯時，不知道又從哪冒出了另外兩個敵人。

雖然沒有看得很清楚，但左牧知道羅本短時間內不可能脫得了身。

三人被分開，以他們的情況來說不是什麼好事，黑兔就算了，一直在抱怨自己是遠距離射手的羅本，肯定在瘋狂抱怨。

兔子帶著左牧來到靠近後門的廚房位置，才鬆開手把左牧放下來，轉身將他護在身後，面對追趕而來的敵人。

這個男子顯然和破窗而入的不是同一個，他的防毒面具上不知道什麼時候多出了一道彈孔，看起來似乎沒有破損的樣子，讓人懷疑那到底是什麼材質，竟然連狙擊槍都打不穿。

左牧剛才可是清楚聽見了羅本開槍的聲音，那個人不可能會打偏，所以，不是這個防毒面具的防彈程度誇張到讓人難以置信，就是這傢伙的腦袋本身就堅固到能阻擋狙擊。

當然，後者是絕對不可能發生的事，畢竟這些人就算再強，也是跟他一樣有血有肉的普通人類。

空間狹小的地方超級不適合戰鬥，可兔子帶左牧來廚房的原因，是因為這裡是所有房間中，唯一能夠確保退路的地方。

廚房有前後兩個出入口，一個是他們進入、與屋內相連的門，另一個則是離左牧較近的後門。

想要逃走的話絕對不困難，然而他們無法保證外面沒有更大的危機在守株待兔，所以兔子並沒有立刻帶著左牧離開這棟房子。

不得不說，兔子看起來傻傻呆呆，但這方面的警覺性還是挺高的。

眼前的敵人搖晃著身體，接著從流理臺上抽出菜刀，直接朝兔子衝過來。

兔子拿出自己隨身攜帶的軍刀上前迎敵，兩把刀在黑暗中對砍，明明視線不佳，可是他們的雙眼像是能透視黑暗，完全沒有受到半點影響。

左牧從後面觀察他們的戰鬥，像這樣高速來回攻擊的畫面，他幾乎不曾見過。沒想到竟然有人能和兔子的速度相當，這讓他很快明白，這一波的敵人是擁有「號碼」的那群殺手。

兔子和對手不分軒輊，而左牧雖然有帶防身的手槍，可是在這個情況下，他根本不可能隨便開槍。如果真的為了兔子著想，他最好不要亂動。

房屋內部也傳來幾聲巨響，這讓左牧有點擔心羅本的安危，但現在的他已經自顧不暇，只能祈禱羅本的命夠硬，能活著再次相見。

這名陌生男子的動作十分俐落，刀刀都砍向兔子的要害，兔子當然沒有示弱，更何況他持有的軍刀硬度更勝一籌，很快就連同刀柄將對方手中的菜刀劈開。

男子沒有慌張或是停止攻擊，而是立刻抓起另外一把菜刀繼續進攻。

持刀的手配合空手攻擊，他的戰鬥方式和兔子十分相似，兔子當然也察覺到了。

兔子輕拍瓦斯爐旁的平底鍋手把，讓它向上翻轉後握在手中，順勢擋住對方刺過來的菜刀，接著就這樣直接頂住刀尖往前壓迫，把人逼到貼牆。

反手握住軍刀，兔子趁對方無法反抗，直接將刀刺向他的側腹。

刀刃成功插入對方身體，但這個人卻連一聲也不吭，甚至在兔子刺傷自己後，突然使出全身力氣將他推開。

兔子往後退兩步，才拉開些許空間，這名男子就迅速用左肩壓住平底鍋，反過來將兔子用力往後推。

左牧就站在兔子身後，意識到這點的兔子，立刻用全力踩穩腳步，說什麼也不讓男子繼續往前。沒想到對方竟然趁兔子分心時，把菜刀插進他的大腿。

明明兩人身上都插著刀，卻連眉頭也沒皺。

兔子用平底鍋狠狠打向男子的側臉，可是只有造成面具龜裂，並沒有讓對方受到實質傷害。

男子單手抓住兔子的頭，將他用力按壓在桌上，以手刀重擊他握住平底鍋的手腕，成功讓他鬆手。

在平底鍋墜地的同時，那隻按住兔子的手發出喀嚓聲，似乎是打算徒手捏碎兔子的腦袋。

然而，他的目的沒有達成，後方的左牧已經掏出手槍，俐落地鎖緊消音管，迅速朝男子開槍。

男子瞄到左牧的動作，立刻收手閃過無聲的子彈，接著用可怕的目光狠狠瞪向左牧。

左牧雖然也見過不少帶著威嚇的眼神，但不得不承認，這男子的視線令他害怕，因為那是真的要把他碎屍萬段的眼神，不是開玩笑的。

兔子似乎意識到男子對左牧的意圖，眼神瞬間冰冷，撲上前揪住對方的領口，將他摔出廚房的窗戶。

接著他自己也衝過去，就像打開某種開關，與在廚房內的謹慎模樣完全不同。

左牧能聽見外面傳來重擊聲，想起兔子反常的舉動，以及把男子扔出廚房的決定，不知道為什麼，他有種兔子不想讓他看見自己是怎麼殺人的錯覺。

左牧有些擔心兔子，想出去看看狀況，沒想到眼前突然有道紅光直射在牆壁上，數量從一點增加為數點。

他立刻意識到這是什麼，迅速壓低身體躲在靠牆的洗手臺下方，下一秒，如機關槍掃射而來的子彈將小小的廚房打成蜂窩。

左牧盡可能壓低身體，讓自己緊貼地面，直到這陣掃射結束為止。

「看來是真的打算在這裡解決掉我們。」

再怎麼說，這棟房子都是王學承或「困獸」這個組織的所有物，對於內部構造肯定一清二楚。

若是外面早就安排了這麼多射手，根本不用等到現在才開槍，根據這一點，左牧可以猜測到兩種可能性。

一，敵人不想讓他們離開這棟房子，又或者是二，想趁兔子離開他身邊的機會，將被視為目標的他亂槍掃射至死。

不過，後者的猜測很快就被打破，因為他聽見其他方向也傳來同樣的掃射聲，位置似乎是在二樓。

這樣看來，果然還是前者的可能性較高。

不單單只有左牧，他們四人全都是「困獸」的目標。

「嘖，這樣的話，會合似乎也不太妙。」

這棟房子有不少窗戶，想窺視他們的行動相當容易，唯一沒有辦法讓對方看見的，就只有位於一樓主臥室內的廁所。

左牧聽見外面還有打鬥聲，也就是說兔子還在跟敵人纏鬥，他也就慢慢沿著牆壁移動，以從窗外看不見的角度溜出廚房，來到一樓的主臥室。

主臥室的左右兩面牆都有窗戶，果然不出所料，在左牧進來後很快就有第二波子彈掃射。左牧本來就預料到會這樣，正打算閃避，沒想到有人從背後抓住他，用比他快的速度閃避到牆角位置。

左牧回過神，這才發現護著他的人竟然是兔子。

「兔、兔子？你怎麼……」

兔子面無表情地看著他，大腿上還插著菜刀，但他卻氣也不喘，就像沒受傷一樣，臉色也相當好。

他甚至用手指沾沾大腿上的鮮血，想在地上寫字跟左牧溝通，當然，這種蠢事立刻就被左牧抓住手腕阻止。

左牧黑著臉對他說：「就算是在這種時候，你還是不願開口？」

兔子眨眨眼，一臉無辜地望著他。

看他的模樣，再加上外面安靜無聲，左牧可以推斷兔子已經把那個可怕的男子解決掉了。

兔子不想讓他看見自己殺人的姿態，所以才會刻意在他看不見的地方「處理」掉對方？

真不知道該說兔子過分溫柔，還是說太害怕會被左牧討厭而遭到拋棄。

總而言之，至少現在危機暫時解除——他才剛這樣想，結果安心不到幾秒，又有三、四個同樣戴著防毒面具的殺手從窗戶撞進來。

兔子緊繃著臉，發出野獸威嚇的低吼聲，可是這群人根本沒有半點畏懼。

左牧仰頭看著兔子，兔子的眼神認真，然而想要邊保護他邊在如此狹窄的空間裡對付這麼多人，幾乎不可能全身而退。

雖然左牧真的不想這麼做，可是，眼前已經沒有退路。

「兔子，」他壓低音量對兔子說，「到廁所去。」

面對左牧下達的指示，兔子毫不猶豫，更沒有去思考理由，迅速抱起他進入廁所。

敵人不可能放跑他們，再加上以對方的角度來看，這兩人已經是甕中之鱉。

但，在左牧被抱進廁所前，一個拇指大小的玻璃瓶落到面具殺手之間，沒人注意到它，也沒人察覺到它的危險性，直到玻璃瓶墜落地面而破碎。

瓶中的液體迅速溶入空氣，眨眼間就讓主臥室內的所有敵人面部扭曲、痛苦不堪，連狀況都還沒搞清楚，就已經倒地斷氣、口吐白沫。

廁所門緊閉，左牧也迅速用毛巾遮住自己和兔子的口鼻，躲在淋浴間的正方型空間，並關上玻璃門。

他知道自己扔出去的是什麼，也知道會造成什麼樣的結果，可是如果想活下去，他不得不這樣做。

兔子絲毫沒有半點反抗，就這樣將左牧緊抱在懷中，縮在角落。

他的雙眼直勾勾地盯著左牧，從頭到尾都沒有把視線從他身上移開過，也不在乎外面那些痛苦的慘叫聲。

蔚藍色的眼瞳裡，映照出左牧冒出冷汗的側臉，明明應該處於神經緊繃的狀態，兔子卻看起來很開心的樣子。

左牧可以感受到他的目光，真不懂兔子為什麼在這種情況下還笑得出來。

他和兔子縮在淋浴間，過了大約十幾分鐘後，才把毛巾從兩人的口鼻上挪開。

「看樣子應該沒問題了。」

外面已經沒有動靜，鴉雀無聲，這證明左牧剛才扔出去的東西確實有效。

兔子歪頭看著左牧的表情，接著就看到左牧把毛巾捆在自己大腿的傷口上方。

雖說血沒有在流，但光看菜刀插在那裡的畫面，還是有些觸目驚心。

「傷口好深，這樣的話沒辦法拔出來，得趕快帶你去醫院才行。」

廁所裡沒有燈光，所以左牧是用手機的手電筒檢查傷口情況。

他就算不是專業的醫生，也可以看出兔子的傷勢有多糟糕，虧這傢伙的動作還能這麼迅速，就像是沒有痛覺一樣。

左牧打開廁所門走出去，雖然空氣中還有一點點的刺鼻味道，但影響不大。那些闖入主臥室的敵人全都倒在地上，瞪大雙目、口吐白沫，看得出來死前經歷過強烈的痛楚，然而他們的身體卻沒有半點外傷。

左牧皺緊眉頭，迅速帶兔子離開主臥室。

這種感覺真討厭，明明邱珩少不在場，卻好像受到他的幫助，讓人心生不快。左牧在進入廁所前扔出的瓶子，正是所謂的「生化武器」，但還在測試中，所以能夠有多少效果，就連給他這個東西的邱珩少都沒把握。

可是邱珩少說了，雖然不確定實際效果，不過肯定能夠替他解圍，沒想到還真的幫上了忙。

邱珩少並沒有跟左牧說瓶子裡裝的是什麼液體，也沒有說會造成什麼影響，只有提到這東西瞬間就能在空氣中揮發，能以眨眼的速度殺死吸入氣體的人。不過也因為它對氧氣有著高溶解性，所以消散的速度相對來說也很快。

以瓶中的劑量，至少會需要十分鐘左右的時間才能安全接近，左牧還特地多等了幾分鐘才離開廁所，結果就是眼前所看到的遍地死屍。

邱珩少嘴上說交給他的只是測試樣本，但在他看來，根本就已經是完成品！那男人，恐怕遠比「困獸」來得可怕千百倍。

「總之先和羅本還有黑兔會合，果然分散開來的話還是不行。」

左牧剛說完話，兔子突然拉住他的手，並用力往後拽。

他都還沒反應過來，頭頂上就破了個大洞，接著黑色的物體就這樣隨著天花板碎片墜落在眼前。

左牧傻眼，但兔子卻一臉平靜地看著從水泥碎塊中站起來的身影。

從揚起的塵埃中，人影拍拍身上的灰塵，慢慢往他們的方向走過來。一見到兩人，那雙藐視人的紅色眼瞳便露出笑意，向他們打招呼。

「看來你們這邊也處理得差不多了？」

黑兔勾起嘴角，不是對左牧說話，而是向兔子攀談。

兔子從背後摟著左牧，輕輕點頭。

左牧倒是傻眼了，這間房子根本沒有舊到可以靠人力摧毀的地步，然而黑兔卻輕輕鬆鬆就能打穿隔層？

他眨眨眼，接著看向倒臥在水泥塊之中的人，對方的臉被打得不成人樣，就連四肢都有粉碎性骨折的跡象。

「這是你幹的？」

「是啊。」黑兔冷冷掃過左牧的臉，不悅地問：「你該不會想說什麼『殺人是不對的』這種鬼話？」

「不，我沒這麼想，再說敵人也不會對我們手下留情。」

「允許殺人的刑警？真少見，你果然是稀有動物。」

「這沒什麼大不了吧。」左牧嘆口氣，「我也是人，不想死的話當然也要反抗。」

「怪不得你對三十一號這麼寬容。」

「我說了別用號碼稱呼他。」

「嘖，真固執。」黑兔搔搔頭髮，「看來發生這些襲擊，並沒有撕開你那張冷靜得過分的面具。」

「要是這麼容易就受到影響，我也不可能活到現在。」

「……說得也是。」黑兔說完，扭扭肩膀，「房子裡應該已經沒有其他敵人，但也無法確保不會再有人衝進來。要怎麼做？」

「雖然不是最佳的選擇，但，我有個點子。」

黑兔盯著左牧認真的表情，壓低雙眸。

「現在我們也沒剩多少選擇，不如就照你的想法試試看。」

他想親自確認，被兔子看上的男人，究竟是不是真的值得他付出性命守護。

BEFORE THE END OF THE GAME

規則九：雙兔身後必有狐之操手

ゲームが終わる前に

屋內一片寧靜，幾乎沒有半點聲音，過分的沉默令不安感倍增，彷彿剛才發生的襲擊全都是場夢境。

與這棟房子保持著安全距離、遠遠地觀察情況的男人，靠在昂貴的高級車頭上，點起一根菸。

戴墨鏡的男子站在旁邊，聽取其他人回傳的報告，表情凝重。

「派出去的『號碼』全死了？那其他人呢？」

「沒有人活著出來。」

回報情況的屬下如實以告，卻讓墨鏡男的臉色越來越難看。

他不太高興地咋舌，「嘖，損失這麼多人，對我們來說本來就不是什麼好事，更何況還都是訓練了好幾年的菁英。」

組織對於「號碼」的要求很高，因此能夠擁有「號碼」的人，基本上都是菁英中的菁英，訓練時間和所花費的資金都相當龐大。更別說符合條件的人選，本來就寥寥無幾。

一個晚上就損失這麼多「資產」，對組織來說多少還是有點傷，但不同於墨鏡男火冒三丈的態度，抽菸的男人不以為然地笑道：「三十一號跟七號果然很難搞。」

「現在不是讚嘆他們的時候吧。」

「我當然知道，不過你也不用太過擔心，如果連那兩人都贏不了，那麼就算被選為『號碼』，對組織來說也只是劣質品，派不上用場。」

「如果是那些候選號碼就算了，但我們派過去的人可不只如此。」

「我本來就不覺得能輕輕鬆鬆收拾掉他們，不過，我倒是沒想到他們會反過來利用青盤組找出我們安排在警局中的眼線。」

「啊啊，你是說那個沒什麼用處的男人？」墨鏡男的眼中閃過一絲殺意，「看來那傢伙已經沒剩多少價值了，要殺掉嗎？」

男人想了想，將菸蒂丟在地上，用力踩熄。

「不了，我們還需要王學承，留他一命對組織來說效益比較高，現在只要把那個姓左的殺掉就好。」

「我們這邊可是派過去三個『號碼』都沒能得手，你難道還想浪費人力？」

「跟他們正面硬剛確實沒什麼好處，從屋外狙殺似乎也沒什麼效果，這樣的話，就只能直接把那棟房子『處理』掉了。」

墨鏡男隱約察覺到他的意圖，不由得懷疑道：「你……認真的？」

「認真的哦。」男人拿出黑色的方型遙控器，輕輕勾起嘴角，從那雙如彎月般燦笑著的眼眸中，透露出陰冷的氣息。

組織不能有太過引人注意的行為，所以要用最「安靜」的方式消滅目標。或許對左牧他們來說，將這棟房子視為據點來進行防守，只要撐到天亮的話就沒問題了，然而「困獸」本來就不打算讓他們拖延時間。

「困獸」是專業的殺人組織，被他們盯上的「獵物」，沒人能活下來。

墨鏡男卻不這麼認為。

因為，現在在左牧身邊的那兩個男人，可都是組織內部所認可的「S級」。

「你在旁邊看著就好。」男人看出墨鏡男並不認為他能成功，於是輕輕地按下遙控器上的按鈕，用低沉的聲音對他說：「如果這樣做還殺不了他們，那麼，我就收手。」

「……這話是你說的，你可要全權負責。」

「知道知道，你就坐在這裡看好戲吧。」

他們依舊待在特等席，將沐浴著月光的兩層樓房當作主舞臺，以「觀眾」身分靜靜欣賞。

「話又說回來。」男人用懷疑的眼神，轉頭盯著墨鏡男，「你大半夜的戴著墨鏡，能看得清楚嗎？」

墨鏡男沉默不作回應，而男人也態度輕鬆地聳聳肩膀，沒有堅持逼問。

反正跟這傢伙一起工作這麼久了，他從來沒見過他拿下墨鏡的樣子。

畢竟，無論是那棟房子裡的人，還是他身邊的墨鏡男，全——部都是沒有辦法用「常識」去判斷的傢伙。

左牧感覺到背後有股寒意，忍不住打了個冷顫。

他轉頭看著窗戶外面，露出不安的神色，害兔子一臉緊張地盯著他。

「怎麼了嗎？」

黑兔注意到左牧的表情有些僵硬，便好意提問。

左牧哈哈苦笑，「不……沒什麼，也許是我的錯覺。」

他總覺得自己正被人盯著看，心裡毛毛的，沒辦法平靜下來。

三人現在正窩在二樓臥房的浴室裡，這裡是整棟屋子裡最大的房間。浴室建在靠內部的位置，與窗戶有著絕佳安全距離，唯一的缺點就是浴室門無法上鎖。

因為不能保證還會不會有其他敵人衝進來，還要小心從窗外瞄準他們的槍口，所以他們三個才會挑這麼奇怪的地方稍微喘口氣。

另外，在他們腳邊還放著一支手機，螢幕上顯示著羅本的名字。

「你一個人待在屋頂沒關係嗎？」

左牧開口提問，畢竟現在羅本落單，要是發生狀況沒人能夠幫他。

電話裡傳來羅本悠哉的回應：「用不著擔心，倒不如說現在這樣比較適合我，別忘了我本來就習慣單獨行動。」

「你就不怕有人把你打下來？」

「從周圍的地形來看，沒有能夠開槍瞄準我的角度。」

「……既然你這麼說的話，那就這樣吧。」

「我反而比較擔心你們，那些槍可都還是瞄準著房子哦。」

羅本照著黑兔的指示來到屋頂後，意外發現不少好東西。狙擊槍雖然因為擋下開山刀而有些許毀損，但不影響開槍。除此之外，這裡不但有著原本要狙殺左牧的那名狙擊手留下的子彈，甚至連狙擊槍的一些小配備都有。

羅本忍不住吹口哨，讚賞那名被兔子他們砍頭的狙擊手。有這些東西的話，他就能夠從這個位置探查敵情。

羅本用夜視望遠鏡，輕輕鬆鬆就看見樹林裡那些拿著步槍的敵人，數量比想像中少，原本以為會有更多埋伏才對。

身為前軍人的羅本，非常擅長這種戰鬥方式，於是他利用自己的專業，將周圍的情況簡單確實地轉告左牧。

左牧在聽完後，也慢慢擬訂出逃脫計畫，跟黑兔問他時的想法差不多。但如果只是殺完現場的人逃出去，就跟他們一開始的目的背道而馳。

正當左牧尋思著有沒有兩全其美的辦法時，電話那頭再次傳來羅本的聲音。

「總覺得有點奇怪……」

「你發現什麼了？」

「不知道為什麼，埋伏開始撤退，看起來好像沒有進攻的意思。」

聽見羅本給的情報，在加上不久前感受到的惡寒，左牧直覺認為事情不太對勁。

他的「直覺」向來很準，準到連自己都會害怕的那種，只不過，這並不是什麼好事。因為現在的他腦袋裡能想到的最糟糕結果，就是——

才剛這麼想，忽然就看到房間內的窗戶迅速被鐵片封鎖，隨著屋內各處傳來的機關聲，證實左牧的預感。

鐵片隱藏在窗框內，所以從外面看不到，而且有厚度，外面的子彈穿不透，同樣的，從裡面也不可能開槍打爛。

更棘手的是，窗框發出規律的嗶嗶聲，光聽就覺得不妙。

「發生什麼事了！」羅本只聽見聲音，但不確定是什麼情況，相當著急地詢問。

左牧拿起手機，無奈道：「看樣子對方是打算把我們關在裡面等死，窗戶全部被封住，我想樓下的大門應該也一樣。」

「……也就是說，現在只有我可以自由行動？」

「往好的方面想，至少不是全部的人都被關起來。」

面對眼前的情況，左牧也只能說這種話安慰自己。

他走出浴室，想去看看屋內其他地方的狀況，沒想到兔子和黑兔同時伸手把正要踏出臥房的他拉回來。

左牧吃了一驚，向後跌在兔子的懷裡，抬起頭就看到房門周圍竟然有尖銳的鐵椎刺出來，差那麼零點幾秒，他就要被插成肉串。

這倒是沒在左牧的預料之中！

「什……什麼？」他傻眼，真的傻眼了！

沒想到這間不起眼、看起來很久沒使用的房子，竟然是機關屋？

「左牧，封住窗戶的鐵片似乎被通上高壓電，你們最好別碰。」羅本從外面觀察封起的窗戶後，透過手機告訴左牧等人。

驚魂未定的左牧忍不住冒冷汗，好不容易才讓心情緩和下來，拿起手機回答他：「我們這裡似乎也不太妙。」

他把機關的事情告訴羅本，想當然耳，羅本也很意外。

「嗚哇，你們這下真的死定了吧。」

「吵死了，別擅自下定論。」

「……需要我做什麼嗎？」

左牧嘆口氣，手指將瀏海往後梳起，「這些機關看起來應該是遠程操控，既然你說拿槍的人都退下了，或許就是受到開啟機關的人的指示。」

「你該不會是要我去找那個人吧。」

「沒辦法，只剩你一個能在外面移動。」

「嘖，真麻煩。你可別對我抱太高的期望。」

「知道，以安全為主。」

和羅本結束通話後，左牧這才發現兔子不斷輕拍自己的胸口，似乎是想要讓他放鬆下來，而黑兔則是在房間裡走來走去，親自確認有沒有其他機關。

「機關似乎都是藏在縫隙中，雖然簡單，但危險性相對來說卻很高。」他邊說邊指著門口的鐵椎，「就像那些東西。」

左牧推開兔子，重新站起來。

「你們兩個是怎麼察覺出來的？」

「我跟三……咳、咳咳，跟兔子都有經過訓練，能聽見機關發動瞬間產生的聲音。」

黑兔原本出於習慣想用「號碼」稱呼兔子，但意識到後臨時了改口。

雖然還有點不習慣，不過，他並不討厭這個做法。

左牧沒心思去在意這種小事，現況轉變得太劇烈，反而讓他原先想好的計畫無法順利進行。

計畫永遠趕不上變化，這是他在島上學到的寶貴經驗。

或許是因為回來後過得太安逸，左牧有點忘記這種隨時可能死亡的感覺，如今倒是全都清楚地回想起來，多虧「困獸」這個組織的幫忙。

「現在該怎麼辦？」黑兔轉身詢問左牧，「看樣子你剛剛想到的點子，應該無用武之地了吧。」

「總而言之，必須離開這裡。」左牧對黑兔說，「好處是現在我們還算安全，至少不要輕舉妄動的話，就不會有危險。」

「你的想法還真樂觀。」

「倒也不是……話說回來，我有點事情想跟你確認。」

左牧坐在兔子盤起的雙腿上，一臉認真地和黑兔對話。

不知道是不是因為已經習慣這兩人的親密行為，看到他若無其事地把兔子當成沙發，黑兔竟然不覺得奇怪。

「剛才殺進來的那些人，看起來實力落差挺大的。」

「那是因為有些是有『號碼』的殺手，有些則是沒持有『號碼』的候補。」黑兔邊回答邊問：「沒想到你居然看得出差別？我還以為你光逃跑就去掉半條命了。」

「那種非人類的戰鬥方式，就算沒有特別注意也看得出來。」左牧搔搔頭，嘆了口氣，「為什麼要特地派組織裡最高等級的殺手？果然是因為有你們在的關係？」

「可以這麼說，這場獵殺行動同時也是在為『號碼』的空缺挑選適合的人選，只要殺了我或三十……咳咳，兔、兔子的話，就可以得到組織的承認，成為持有『號碼』的殺手。這對我們來說意義重大，畢竟我們從小開始就將殺人視為一切。」

黑兔攤手道：「殺了人就會有『獎勵』，成績越好的話就越有可能得到買家的青睞，進而離開組織擁有自己的『主人』——這就是組織對我們的教育方針。」

聽起來就像是洗腦一樣，怪不得他們會從孩童時期就開始嚴格訓練。

不過，黑兔說得很詳細，聽起來也不像是在說自己的經歷，這點讓他有些困惑。

黑兔的想法與觀念，顯然和剛才闖進來的那些戴著防毒面具的殺手，以及跟老是黏著他、行為模式又有點奇怪的兔子完全不同。

或許是他的眼神透露出心思，黑兔勾起嘴角，雙手環胸。

「你是不是覺得，如果是這種洗腦式教育，我不該會是這副模樣？」

「我會這樣懷疑也不是沒有道理吧？你跟兔子的形象差太多了。」

「他是例外中的例外，還有，我們雖然被那樣指導，但還是有接受基本教育。」黑兔不認為左牧會照單全收，可是，他說的都是事實。

左牧並不是不相信黑兔的話，因為就他所看到的事實，黑兔確實不像「困獸」的殺手，但他的實力是貨真價實的。

「我姑且相信你說的話。」

「這麼輕易就信任我沒關係嗎？」

「沒關係，因為兔子認識你，而且也願意和你和平共處。再說，如果你的存在對我來說有『危險』，他就不會允許你留在我身邊。」

黑兔用力眨眼，左牧得出的結論，竟然是建立在兔子的反應之上。

他還以為左牧只是把兔子當成好用的工具人，沒想到竟然會用普通的方式對待，甚至把兔子當成同伴。

「真令人意外……」他忍不住脫口而出，卻換來左牧不屑的冷眼。

黑兔收起想說的話，輕咳兩聲打散尷尬的氣氛，看著左牧和兔子從地上站起來，討論著接下來要如何行動。

他似乎有點理解為什麼兔子會纏著這個男人不放，確實是個很「特別」的人，對身處黑暗世界的他們來說，左牧的理解與信任，令人安心。

自從離開組織後，他已經逃了很久，為了能夠「普通」地生活，他盡可能不去干涉組織的一切。

就像是默認他的離去，「困獸」並沒有在他離開後立刻進行追捕，但他知道自己若是妨礙到組織的行動，就會被視為消滅目標。

然而，他的同伴卻莫名其妙地產生正義感，和名叫阿豪的刑警開始調查「困獸」，因此惹來殺身之禍，也把他捲入其中。

雖不是出自本願，可是他無法坐視不管，只不過，他還是來不及保護阿豪。或許，這一切都是命中註定，在失去同伴之後的他，遇見了帶著連組織都難以馴服的「三十一號」的這個男人。

他羨慕著「三十一號」，甚至不由自主地將這些人視為自己的同伴。但無論再怎麼期望，這都只是他自己的妄想，並不是現實。

每個「號碼」都需要「主人」，他就算比其他人來得冷靜、自主意識較強，但從小就植入的觀念，仍會左右他的決定。

他忍不住想著，如果他的「主人」是左牧，那就好了——

只不過是一瞬間閃過腦海的想法，兔子卻敏感地帶著充滿殺意的目光，迅速伸出手掐住他的脖子。

左牧嚇了一跳，轉過頭想阻止，令他驚訝的是，兔子雖然掐住黑兔的脖子，手腕卻同時被黑兔緊緊抓住。

黑兔安然無恙，因為他的力道比兔子還要強許多，兔子根本沒有力氣掐住他。若不這麼做，兔子真的會徒手捏碎他的喉嚨，黑兔當然不會讓他動手。

「兔子，你在幹嘛！」左牧急忙上前把兩人分開，站在他們中間，「現在可不是內鬨的時候，你別老是對我以外的人充滿敵意行不行？」

「沒關係，我能理解他為什麼會這樣做。」黑兔垂下眼看著左牧，「因為『主人』的存在就是一切，比任何命令、任何人都更重要。」

「開什麼玩笑，我才不要當什麼主人，少在我面前說這種話。」左牧輕彈黑兔的額頭，糾正他的說詞。

他的力道對黑兔來說一點感覺也沒有，反而讓他覺得左牧的行為挺可愛的。

就像瑟瑟發抖、沒有反抗能力的倉鼠。

兔子從背後摟住左牧，咬牙切齒地瞪著黑兔宣示主權，但黑兔卻擺出無所謂的態度。

卡在中間的左牧覺得很為難，但又沒辦法。

這兩個人的關係究竟是好還是壞？他真的搞不懂。

「想吵架的話，等離開這裡再說。」

「你不阻止？」

「我可沒興趣管小朋友的打鬧。」

「小、小朋友……打鬧……」

黑兔還真沒想到會被左牧用這種方式形容，一時間差點笑出聲。

他們認真打起來的話，是真的會見血的那種完全不同等級的「打鬧」，所以左牧的解釋方式讓他覺得有趣。

左牧沒理他，頭痛地嘆氣，「總而言之，我們現在既然沒辦法到樓下去，也無法從窗戶離開，那就只剩一個方法了。」

黑兔和兔子眨眨眼，好奇地盯著左牧舉起食指，指向天花板。

「從這裡。」

「……確實是個好點子，但你覺得對方不會想到？搞不好天花板也藏有陷阱。」

「不，那裡都是鋼筋水泥，機率很低。」

左牧從門口的陷阱、封鎖窗戶的方式，以及黑兔剛才提到「陷阱都是藏在縫隙中」這幾點情來報判，往正上方逃脫是最安全的決定。

屋頂是平面，沒有設置天臺，以構造上來說，在天花板安裝陷阱幾乎是不可能的。

另外，他會提出這個意見，還有一個理由。

「黑兔，我問你一件事，你要老實回答。」

「欸……我、我知道了。」

「你的力氣有多大？」

黑兔睜大雙目，他沒想到左牧會問得這麼直接，果然是因為親眼看到他把人從二樓打下去的關係？

雖然他也可以謊稱是房子老舊，或是水泥早就有龜裂之類的理由來搪塞，但他還是忍不住老實回答了左牧的問題。

「那是我的『特殊能力』，我的力氣本來就比一般人大很多，當初組織也是看上這點，才讓我成為『號碼』。」黑兔一邊說，一邊握緊拳頭，接著直接把房間裡的加大雙人床狠狠打成兩半。

揚起的灰塵中，左牧看著他的目光異常冷靜。

沒有訝意、沒有恐懼，就只是單純地看著他的行為而已。

然後，慢慢地勾起嘴角。

「果然和我想的一樣，真是不錯的能力。」

意外得到左牧的讚賞，黑兔突然有點害羞，臉頰微微發燙，但很快就被拿著軍刀的兔子攻擊。

黑兔閃開後，兔子又莫名其妙地開始連續進攻，是真的打算把他砍死。

這回左牧沒有出面阻止，而是抬起頭在房間裡繞來繞去後，停在靠近浴室那邊的天花板底下，單手插腰。

「好，就決定是這裡了。」他指著頭頂，帶著笑容向黑兔下令：「擊破這塊天花板，記得別把整棟樓都毀了，黑兔。」

黑兔和兔子同時停止攻擊，兩人呆呆地轉過頭看著笑容滿面的左牧。

黑兔有些心花怒放，不知道為什麼，明明是命令，卻有種不錯的感覺。

兔子在被左牧命令的時候，該不會也是這樣想的？

「打破天花板不是什麼難事，不過再怎麼樣我也需要施力點。」黑兔指著被他打爛的雙人床說道：「像這個和剛才被我打穿的二樓走廊，這種在面前或是腳下的東西，比頭頂的目標好擊破。」

「施力點的話，自己製造出來不就好了。」

左牧擺出無所謂的態度，讓黑兔頓時產生了不祥的預感。

而他的預感也很快就得到證實，在聽完左牧的重新說明之後，他真的覺得這男人的想像力有夠危險。

更可怕的是，他竟然覺得左牧的點子沒有問題。

「聽懂了嗎？」

解釋完畢後，左牧雙手環胸，笑盈盈地看著他。

黑兔輕甩雙臂，伸展長腿熱身，毫不遲疑地回答：「試試看就知道了。」

他原地跳躍，熱完身之後，立刻開始在房間裡快速繞圈跑動，三圈後直接踏到牆壁上，像彈簧球一樣在房間的四面牆壁間直線穿梭。

黑兔的速度快到讓人看不太清楚他的身影，而站在房間中央的左牧跟兔子，也只是靜靜聽著耳邊傳來的咻咻聲。

速度配合著力道，在黑兔踏過的牆壁上，慢慢出現龜裂的痕跡，接著黑兔來到左牧指定的位置，就這樣用雙腿的力道配合拳頭，一股作氣打穿天花板。

兔子將左牧護在身下，不讓他被碎塊砸到，而貫穿天花板的黑兔則是蹲在洞口邊，像隻小動物般抖掉全身的水泥灰，拍了拍頭髮。

左牧從兔子的身體底下鑽出來，仰頭看著黑兔，露出了笑容。

「看吧，我的方法絕對不會有錯。」

「……哼。」

黑兔沒說什麼，但從表情可以看出，他認同左牧說的話。

兔子抱著左牧從洞口跳出去，三人待在屋頂享受著自由的空氣。

原本待在屋頂上的羅本已經不見人影，連同應該放在這裡的裝備也都被帶走了。左牧知道他們沒有時間鬆懈，立刻對兩人說：「我們去找羅本。」

在和羅本通訊的時候，左牧並不確定這個辦法會成功，要求羅本出手是為了做兩手準備。

沒想到事情竟然比他想的還要順利，這樣的話就得先去和羅本會合。

一旦羅本開始行動，左牧基本上不會主動聯絡，畢竟羅本都是隱匿行動，隨便便聯絡他的話，反而有很高機率會讓他陷入危險。

黑兔和兔子點點頭，但下一秒，兩人卻突然察覺到不對勁，兔子迅速抱起左牧，和黑兔一起跳到地面去。

左牧還來不及反應，就看到他們剛剛待著的屋頂莫名其妙地發生爆炸。

三人落地後，手持步槍的人群立刻包圍上來，不給他們任何反應的時間。但同樣的，兔子和黑兔也早就有所準備。

兔子單手抱著左牧，在落地的同時衝向前，敵人才剛站定位，他就已經來到人群之間，右手反握軍刀，俐落地割開眼前所有人的喉嚨。

黑兔也不落人後，他跟在兔子和左牧身邊，徒手將那些瞄準他們的槍管全部掐緊，讓敵人無法開槍。

沒人料到這兩人竟然能有這麼快的反應速度，連埋伏偷襲也無法傷到他們分毫。

左牧趴在兔子的肩膀上，百思不得其解。

羅本明明說過這些人都撤退了，為什麼又突然冒出來？

他不認為羅本會看錯或是給予錯誤的情報，恐怕這也是敵人的目的，想讓他們放鬆戒心。

無論在背後發號施令的人是誰，都針對所有可能發生的狀況做出了最恰當的安排——真讓人不爽。

左牧不喜歡這種感覺，看樣子「困獸」確實是不容小覷的危險組織。

如果不是因為兔子跟黑兔的超強反應力，他恐怕就會遇上超大危機。

兔子和黑兔的配合太過完美，加上進攻猛烈，就算敵方手裡有槍，也讓他們畏懼三分。很快地，這三人就從衝出包圍圈，消失在樹林之中，留下狼狽不堪的倖存者以及滿地屍體。

其中有個人猛然回神，立刻對著通訊器回報：「報……報告，行動失敗，三十一號和七號已經朝你們的方向過去了！」

樹林裡還有安排另外一群人埋伏，為的就是要防止他們離開這裡。

但是，通訊器裡卻只傳來雜音，完全沒聽見同伴的回應。

這片寧靜，已經讓心涼了一大半。

倖存者抬起頭看著黑漆漆的樹林，已經有了最壞的判斷。

於是他改變通訊對象，重新回報：「老大，計畫失敗，他們有很高的機率已經朝你們那過去了，請當心。」

回報完畢後，他立刻帶著剩餘人手，衝入樹林。

而聽見回報的男人則是勾起嘴角，看著出現在眼前的三人，垂下眼眸。

他把通訊器從耳中拔出來，扔在地上狠狠踩爛。

「說什麼很高機率，他們就是朝著我來的。」

男人輕輕扯鬆領帶，與兔子身旁的左牧四目相交。

左牧面無表情地看著西裝筆挺、態度高雅的男人，心裡五味雜陳。

他明明說的是去找羅本，但兔子和黑兔卻不知為何把他帶到了貌似是組織老大的人面前——對方的氣場很強，所以，就算不是出自本願，他也只能不動聲色。

「沒想到你們竟然會直接找到我面前來。」男人彎起眼角，捲起袖口。

看起來只是簡單的舉動，兔子和黑兔卻同時擺出了戰鬥的預備動作。

然而，男人沒有行動，反而是他身旁的墨鏡男衝上前，雙手掌心貼住黑兔與兔子的臉，就這樣直接把兩人重壓在地。

他的速度太快，快到就像是瞬間移動到他們面前，令左牧震驚不已。

沒想到兔子和黑兔竟然這麼容易就被人壓制住。

「兔……」

左牧還來不及說完，男人已經用冰冷的槍口抵住左牧的胸口，另外一隻手則是掐著香菸，輕輕吸了一口。

游刃有餘的態度，加上不容忽視的傲慢，彷彿在開始之前，就已經篤定自己會是這場遊戲的勝者。

左牧發現自己的額頭正在冒汗，這就是「困獸」的領導者嗎……真的就如同阿豪的調查所形容的，是讓人完全不想接觸的恐怖集團。

BEFORE THE END
OF THE GAME

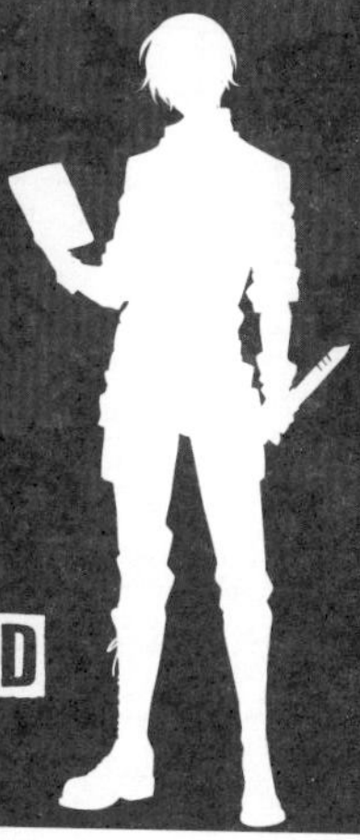

規則十：困獸之鬥

ゲ　ー　ム　が　終　わ　る　前　に

左牧和這名西裝筆挺的男人，距離近到彷彿能夠嗅到對方身上的氣味。

古龍水嗎……很難想像率領這種犯罪集團的老大，竟然會打扮得如此講究。

看起來不像是黑道，也不像是企業老闆，硬要說的話，比較像那種出手闊綽的花花公子，比起手槍，他的手更適合捧著香檳杯。

男子看著左牧的視線格外冰冷，如同貼在胸前的槍口。

即便隔著衣服，也能感受到金屬的溫度，以及性命受到威脅的恐懼。

在這種情況下，普通人都會感到害怕，左牧當然也不例外。但如果對方真想殺他，就不會特意以這種方式來威脅自己，所以他很肯定對方沒有那個意思。

這樣就顯得很矛盾，明明在來到這裡之前都還試圖殺死他們，沒理由突然改變意圖，該不會——

男人似乎看穿左牧的想法，笑著將手槍收起，真的不打算對他出手。

「我扣下扳機之前，應該就會先被你的狙擊手爆頭，不得不說你安排得很好，就算直接和我正面對上，仍留有餘裕。」

左牧原先不懂他在說什麼，但一聽到他提起『狙擊手』，就意識到羅本可能在暗處觀察他們。

雖說這不是他們最初的計畫，不過就結論來說還算不錯。

沒想到先派過來的羅本，竟然成為他最強的後盾。

這個時候，被墨鏡男壓住的兔子和黑兔已經擺脫箝制，眼中帶著厲光朝男人發動攻擊。

男人一動也不動地吸著菸，完全不把兩人放在眼裡。

墨鏡男瞬間擋在兔子和黑兔面前，輕推鏡框後，再次用兩隻手分別化解他們的攻勢，輕而易舉到讓人難以置信的地步。

兔子和黑兔並沒有因為這樣而放棄，接二連三地展開連續攻擊，配合著彼此的節奏，打算擾亂墨鏡男的行動。

可惜，他們的目的沒有達成，因為墨鏡男仍輕鬆地以一敵二，甚至連氣也不喘。

明明黑兔的拳頭力道如此強勁，兔子的刀刃也都不眨眼地砍向最要害的位置，但都能被墨鏡男一一化解。

黑兔在最後一波攻擊後，用眼神示意兔子，兩人同時拉開距離。

沒想到墨鏡男反而在他們想要保持距離的同時，主動發動攻擊，打亂兩人想改變進攻模式的節奏。

很快就換成墨鏡男的猛烈進攻，明明是二對一，他卻能同時對付兩個S級殺手，而且從頭到尾都沒有處於劣勢。

這讓左牧看傻了眼，不過他身旁的男人倒是一點也不意外。

「你們到底想幹嘛？」

「也沒什麼，只是想看看三十一號選擇的新主人是怎樣的傢伙。」男人摸著下巴笑道：「另外就是回收七號。」

「……難道你們不是因為我手裡有你們的情報，所以才想把我處理掉嗎？就像殺死阿豪那樣。」

「我們雖然是專門訓練殺手的犯罪集團，但同時也是商人。」男人慢慢瞇起雙眼，連語氣也變得低沉，姿態高昂地對左牧說：「再說，就憑那點資料不可能對我們造成什麼威脅。」

「所以你們是因為兔子才盯上我？」

「……兔子？呵、這名字真不適合三十一號。」男人先是輕鬆地笑了笑，接著回答：「雖然三十一號不受控制，但再怎麼說都是我們組織的資產，現在好不容易又出現能夠控制他的人，我們自然會對你產生興趣。」

男人邊說邊掐住左牧的臉頰，「而且不只是他，竟然連七號也開始聽你的命令，這就稀奇了——能一口氣馴服兩名『S級』，我可是從來沒見過。」

左牧真心不想懂對方在說什麼，但他心裡很清楚，現在這男人是用什麼樣的眼光在觀察他。

「發現你跟三十一號本來就是計畫之外的事，我們的目標從頭到尾就只有七號。」

「我不會讓你們帶走他們之中的任何人。」

「呵，意思是你要飼養這兩隻『兔子』？」

「有何不可？至少比待在你們那種組織裡好多了。」

「那樣的話——」男人突然抓住左牧的右肩，將臉靠近他的右耳，輕聲說道：「我們來交換條件，如何？」

男人的目光銳利無比，光靠眼神就讓人背脊發冷，無法拒絕他提出的任何要求。

若是拒絕的話，感覺就像是會被那雙眼眸貫穿，放在肩膀上的那隻手，更像是隨時都能夠撕破他的喉嚨。

左牧知道，自己沒有立場拒絕這個男人。

「我會把這兩隻『寵物』送給你，只要你能管好他們，別插手干涉我們組織的事。」

男人的意思十分明確，就是要左牧放下身為刑警的身分，成為黑兔的保母，替他們看好這個麻煩的傢伙。

左牧斜眼睨視他，「為什麼要跟我談條件？」

「因為你很有趣，而且我已經跟同伴打賭，只要你能活著離開那棟房子，我就會收手。」

「……這什麼鬼理由。」

「我可是真心的喔，不然原本是想著要把你們全部殺掉的。」男人收回放在左牧肩上的手，站直身軀，無奈地攤手，「但再繼續下去的話，我這邊反而會損失更多資產，一點也不划算，而且我也很難跟本部解釋。」

本部？

也就是說，這個男人並不是「困獸」的首領，只不過是其中一名高層人員。

左牧默默記住這件事，但是和男人對上眼之後，他又忽然覺得，對方是故意用這個方式暗示他。

——就算在這裡殺掉這個男人，也只是延長「困獸」對他們的追殺。

左牧本來就想著要讓對方明白，他們不具有任何威脅性，這樣的話至少可以回到正常生活，他們都能活下來。

雖然這麼做對死去的阿豪無法交代，可他從那座孤島上學會的最重要的事，就是不管怎麼樣，活下去的人才是贏家。

「如何？接受還是拒絕？」男人笑瞇著眼眸，自問自答：「我想你是絕對不會拒絕的，所以，就讓我們好好相處吧，左牧先生。」

「……是啊，就好好相處吧。」低著頭的左牧，慢慢抬起眼。

他的臉上沒有笑容，但是已經妥協了。

男人笑著將香菸丟在地上，用力踩熄後，轉身往停在後面道路上的高級轎車走去。而正在跟兔子和黑兔纏鬥的墨鏡男也立刻收手，跟隨在男人身後。

兔子和黑兔無法容忍這種屈辱，原本想要追上前，卻被左牧大聲斥喝：「都給我站住！別追過去！」

兩人同時愣住不動，帶著困惑的眼神，慢慢轉頭看著他。

左牧眼睜睜地看著車子開走，明明危機已經解除，他心裡卻沒有那種舒爽感。

「喂，你真的就讓那傢伙這樣走掉？他可是亞洲分部的老大，放他走的話——」

黑兔衝過來向左牧碎念，卻被左牧用力掐住嘴巴，不讓他繼續說下去。

「追上去沒有什麼勝算，只會浪費更多時間而已。再說，就算殺掉他們也不可能瓦解『困獸』這個組織，面對這種敵人，能活下來已經是萬幸了。」

黑兔用力揮開他的手，咬牙切齒。

「至少阿豪比你有骨氣多了。」

「所以他死了，我還活著。」

「你這傢伙……真的是刑警嗎？」

黑兔不敢相信會聽見左牧說出這種話來，但看著眼前這人摸著下巴，一副理所當然的模樣，彷彿剛剛在那間屋子裡所見到的左牧只是種錯覺。

左牧沒說什麼，輕拍黑兔的腦袋瓜。

「不用著急，活下來才有更多機會。」

「嘖，我真搞不懂你。」

「搞不懂也沒關係，總而言之你現在歸我管，所以別亂跑。」

「我才不——」

「兔子，抓住他。」

左牧一聲下令，兔子就迅速一掌扣住黑兔的天靈蓋，讓他想逃也沒辦法。

在這有點歡樂又有些嚴肅的氣氛中，羅本從附近的樹上跳下來，扛著狙擊槍，一臉無奈地搔著頭髮。

「沒想到事情會變成這樣。」

「你果然在附近。」

「我覺得對方有發現我的存在，所以我沒有出手，躲在暗處。」羅本的臉色很難看，就像是被什麼恐怖的東西煞到，「只有那個西裝男的話倒還容易，但戴墨鏡的傢伙不是什麼簡單的小角色，我如果出手，百分之百會被殺掉。」

「不過也多虧你沒出手，對方才沒往我胸口開槍。」

「……所以你跟那個人談了什麼？他們為什麼這麼簡單就離開了？」

左牧嘆口氣，將手插入口袋。

「先回去吧，我會慢慢解釋的。」

他受夠了這種事，明明早就離開了那座島、脫離主辦單位的掌控，如今卻又被更加棘手的對象盯上……改天他真的得去廟裡改個運，好好去除身上的穢氣。

不過現在就先從最簡單的汗臭味開始處理吧。

得到西裝男親口承諾的左牧等人，生活再次恢復平靜，只不過黑兔和兔子的心情非常不好，似乎還在對打不過墨鏡男的事情耿耿於懷。

相較之下，羅本倒是挺開心的，因為多了個人幫他顧兔子，終於不用二十四小時當這隻笨兔子的保母。

至於阿豪的死亡調查，左牧還沒有回報給局長，就先被王學承搶先一步，最終這件凶殺案就變成了黑道殺警案，凶手則是青盤組找來的替死鬼。

雖然是局長主動找左牧來幫忙調查這個案子，但他同時也很信任王學承，而且王學承交出的調查報告內容並沒有什麼太大的問題，於是就照單全收了。

知道實情的左牧，也只能就這樣眼睜睜地看著警方結案。

至於阿豪調查「困獸」的那些資料，則是由他偷偷備份起來。反正把正本送回警局後，肯定會被王學承處理掉，這麼做也是以備不時之需。

在那之後，左牧再也沒回到那間分局，因為他怕自己見到王學承之後，會忍不住往他的臉上來一拳。

「這種感覺真糟糕。」

「反正事情暫告一段落，我們也都還活著，這樣不是很好的結局嗎？」

左牧和羅本坐在客廳打遊戲，兩人眼神呆滯，但手指倒是靈活地操作著角色。

「話是這麼說沒錯……」

「你該不會還想著能回到以前的普通生活吧？」

聽見羅本這麼問，左牧忍不住嘆氣，「我當然不可能會有這種天真的想法，再說，陳熙全不是還在調查主辦單位？我有種預感，他還會再把我找過去。」

「這倒是有可能，而且你還拒絕不了。」

「越說越讓人心煩意亂。」

電視螢幕上顯現著「勝利」的標語，以及關卡的分數結算，左牧放下遊戲搖桿，從沙發上站起來。

羅本仰頭看他，「現在不只是陳熙全，就連『困獸』也會時時監視你，你真的很受歡迎呢。」

「單就這點來說，你也是一樣的吧？」

「……什麼意思？」

「雖然我知道你只是暫住在我家，但只要跟我在一起的時間越久，你就會越難抽身。」左牧勾起嘴角，拍拍羅本的肩膀，「所以我跟你無論是在島上，還是在這裡，都是命運共同體。」

羅本並沒有反駁，他的無言就像是默認，同意了左牧的話。

「我真不知道和你相遇是好事還是壞事。」

「當然是好事，沒有我的幫忙，你覺得自己能活著離開那座島？」

「……呵，就當是這樣吧。」羅本勾起嘴角，起身走向房間，「就像你說的，我暫時沒有跟你們分道揚鑣的打算，所以你的麻煩，就等於是我的麻煩。」

他揮揮手，回自己的臥房休息。

左牧笑了笑，剛把遊戲機和電視關上，剛洗好澡的兔子就突然從背後飛撲過來，差點沒把他撞飛出去。

「唔！兔、兔子，你又衝撞我！」

左牧被兔子緊緊抱著腰，剛才那記衝擊差點沒害他咬到舌頭，可是兔子卻完全不理會他的抱怨，比平常黏得更緊，還小心地來回轉頭，像是在找什麼。

他的頭髮溼漉漉的，身體也還沾滿了水，不但全裸，而且根本就把左牧當成毛巾在擦，害他等等又得換一套衣服。

「兔子啊啊啊！我不是跟你說過很多次了，把身體擦乾再出來！」

左牧把兔子抓回浴室，拿起浴巾直接把他從頭到腳擦過一遍。

雖然被左牧罵，還惹他生氣了，兔子看起來卻很開心的樣子，享受著被左牧擦身體和頭髮的感覺。

在左牧的努力下，好不容易才把兔子擦乾，換上了居家睡衣。

兔子抱住累得半死的左牧，連一秒都不想跟他分開，黏人的程度真的越來越嚴重了。

「你到底是怎麼了？平常你不會這麼急著找我。」

「大概是在忌妒吧。」黑兔從後面冒出頭，眨眨眼睛，與兔子四目相交。

果不其然，兔子立刻把左牧抱得更緊，還用身體阻斷黑兔的視線，不但連碰都不讓他碰，就連看也不想讓他看。

平常兔子不會對其他人有這麼強烈的戒心，總覺得，只有在面對黑兔時才會表現出這麼誇張的獨占欲。

「果然是這樣。」黑兔嘆口氣，理直氣壯地對兔子說：「我才不會跟你搶人，用不著這麼擔心。」

就算有黑兔的親口承諾，兔子卻不這麼想，仍對他充滿警戒。

也許是因為他從黑兔身上感覺到，他看待左牧的眼神跟自己很像，所以才會更加提防。

眼看沒辦法說服兔子，黑兔也只能搔搔頭髮，滿心無奈。

「只要是被他看上的人，他就會產生這種奇怪的執著，在你之前的『主人』也是被他如此對待。」

黑兔知道許多事，包括左牧所不知道的、關於兔子的過去。

左牧只知道兔子是被認定為殺人魔而送到島上的罪犯，但他實際犯過什麼罪、為什麼犯罪，左牧完全不清楚。

「你要小心點，別背叛他，因為你身邊這隻兔子可不是什麼可愛的生物，只要他認為你不再是他的『主人』，就會被他的獠牙撕碎。」

「這是你的誠心建議？」

「是的。」

黑兔垂下眼簾，在左牧提問的瞬間，回想起過去的那段記憶。

他曾親眼見到兔子是如何把長年來全心信任著、保護著的男人殺死。

當時的兔子，完全不能用「恐怖」兩個字來形容，而是更加驚悚、無法用言語來表述的形態。而手刃「主人」後的兔子，就像是失去生存目標的傀儡，成為了沒有靈魂的空殼。

再次見面的時候，兔子就像是完全不同的人，甚至讓他懷疑自己是不是認錯了。更重要的是，這次被視為「主人」的左牧，和兔子的前主人截然不同。

黑兔看著左牧把兔子拉回臥室，雙手環胸，臉上露出溫柔的笑容。

從沒想過身為「困獸」的他們能夠過上普通的生活，然而，他心裡也很清楚……「困獸」是不會放過他們的。

雖然不認為對方會食言，但他還是必須待在這裡、待在左牧的身邊，以確保他不會有任何危險。

只不過，這個決定究竟是為了他自己，還是為了不讓兔子再次失控，他也不是很清楚。

「看樣子你也是個老好人嘛。」

黑兔嚇了一跳，完全沒注意到羅本就站在他身後，差點沒從地上彈起來。

羅本眨眨眼，看著黑兔驚慌失措的表情，歪頭問：「你在做什麼？」

「你走路都沒聲音的嗎……」

「是你想事情想得太認真。」

「我剛剛明明看到你回房間了，什麼時候跑出來的？」

「我忘記把明天早上要煮的東西拿出來退冰，結果就看到你們三個在浴室門口聊天。」他邊說邊盯著溼答答的地板，「那隻笨兔子又光著身體到處亂跑了嗎？」

羅本熟練地拿起拖把，以最快的速度將兔子弄溼的地方擦乾淨，接著就走進廚房，把冰箱中的冷凍食材放到冷藏室，打了個哈欠，朝黑兔揮揮手。

「好啦！我要去睡了，你也早點休息。」

「我早就想問了……你不是狙擊手嗎，為什麼家事做得這麼順手？」

「那傢伙本來就是留我在這裡當家政夫，反正我也挺喜歡的。」

「我如果也留在這裡的話，要做些什麼才好？」

黑兔一直在逃離「困獸」的追捕，所以從來沒想過，等到不用再繼續逃命後，自己應該要做什麼才好。

羅本搔搔頭髮，不以為意地回答：「有差嗎？這種事慢慢找就行了，用不著這麼急。你只要別到處亂跑就好，免得害我跟左牧惹上麻煩。」

「我怕跟你們待在一起過得太舒服，反而會讓身體變得遲鈍。」

「這樣的話——明天早上起床後，我帶你去個好地方。」羅本勾起嘴角，向黑兔比了個讚，「是個發洩壓力和鍛鍊的好地方哦！」

黑兔雖然不懂他在說什麼，但看著羅本信心十足的樣子，也只能苦笑著接受。

左牧早上醒來後，只見餐桌上擺著早餐和字條，沒看到羅本和黑兔的蹤影。

羅本留給他的紙條上寫著，他帶黑兔到射擊訓練中心去玩，除此之外沒有寫其他事。

「看樣子他們不玩到晚上不會回家了。」

羅本常去射擊訓練中心打靶，所以左牧早就見怪不怪，比較意外的是，羅本竟然帶著黑兔一起去，他完全不知道那兩個人什麼時候感情變得這麼好了。

「兔子，今天只有你跟我看家。」

兔子驚喜地張大眼，彷彿屁股上多了條瘋狂甩動的尾巴。

光看表情就能知道兔子有多開心，只有他跟左牧的兩人世界，正是他想要的，他已經很久沒有跟左牧獨處了。

左牧看著兔子閃閃發光的雙眼，冷汗直冒，總覺得可以看出他腦袋裡在想什麼。但兔子的喜悅並沒有維持太久，門口傳來的門鈴聲，讓兔子的心情瞬間跌落谷底。

左牧上前應門，透過監視器看到的竟然是出乎意料之外的對象。

「陳熙全？那傢伙怎麼會……」

他困惑地開門讓對方進屋，難得會看到陳熙全一個人親自來找他，畢竟從島上回來後，陳熙全就一直只用電子郵件和他連絡。

「好久不見，左牧先生。」陳熙全先是向左牧打了個招呼，接著轉頭對向他磨牙低吼的兔子說：「你也是。」

左牧眨眨眼，「為什麼突然來找我？」

「我聽說了你碰上『困獸』的事。」

「消息真快啊。」

「邱珩少告訴我的，他很感謝你順便幫他測試新的生化武器。」

「那，你來這裡應該不只是找我寒暄吧？」

陳熙全雙手插在口袋裡，勾起嘴角，「不只是之前的遊戲主辦單位，現在你還惹上了恐怖犯罪組織『困獸』，左牧先生，你真的挺容易吸引這類對象。」

「可以的話我也不想要有這種運氣。」

「呵，說得也是，不過你現在已經沒辦法擺脫這一切了。」

「……你到底想說什麼？快點說，我可不想吃涼掉的早餐。」

「那我就直說了——能不能把你的寵物讓給我一個？」

出乎意料的要求，讓左牧不由得瞪大雙眼。

「你要我把黑兔給你？」

「嗯，由『困獸』訓練出來的殺手可是相當好用的，我希望他能在我手下做事。當然，這也不違反你跟『困獸』之間的約定，我會定期讓他回來跟你見面。」

左牧本來就沒有完全信任陳熙全，因為這個男人就是讓他遭遇這一切的罪魁禍首，只不過在上了賊船後別無選擇，只能和陳熙全維持合作關係。

僅僅是如此而已。

「這種事情要讓黑兔自己來決定，我並不打算『命令』他做任何事。」

「但是你同意的話，他的意願會更高不是嗎？」

「……那如果我不同意呢？」

陳熙那張全笑咪咪的臉，實在令人不爽。

左牧心裡很清楚，陳熙全會用這麼溫和的態度和他談，是因為有兔子在場。兔子討厭陳熙全討厭到臉全都糾結在一起了，毫不避諱地表現出來。

「我不喜歡由我來做這種重要決定，如果你真的想讓黑兔幫你做事，就靠自己來贏得他的信任。」左牧瞇起雙眸，把話說得清清楚楚。

陳熙全嘆口氣，似乎早就料到左牧會這麼說，原本堅定的態度突然一百八十度大轉變，他再次笑出聲。

「你還真是固執，但我就是喜歡你這種個性。」陳熙全邊說邊從口袋掏出一支隨身碟，放在餐桌上，「來你這挖角只是順便而已，最主要是把這個給你。」

左牧拿起隨身碟，皺緊眉頭問：「這是什麼？」

「你那個同期刑警在這段時間裡替黑道吃掉的案子。」陳熙全用手指捏起盤子裡的蛋餅，放入口中，「有這東西的話，你就能讓他再也做不了刑警了。如何，這禮物不錯吧？」

左牧感到意外，他沒想到陳熙全竟然會特地幫他蒐集這些資料。

他永遠都搞不懂這男人在想什麼，每次都覺得他的目的和行為有著天大的差異。明明剛才還以為陳熙全是要來搶黑兔的，結果下一秒就給他能制裁王學承的有力證據。

果然，不能小看陳熙全的情報網和情蒐能力。

「你幫我做這種事，有什麼好處嗎？」

「雖然不能讓你的寵物們直接在我手下做事，但只要他們留在你身邊，仍有可能為我所用。」陳熙全又拿起盤子裡的小香腸吃，「互相幫助並不吃虧，你說對吧，左牧先生？」

「確實是不虧，但也要看對象是誰。」

「哈哈，左牧先生真是幽默。」

陳熙全終於心滿意足，轉身往大門走去。

「那麼我就先離開了，還要趕中午的飛機。」

嘴上雖然這樣說，但最主要是因為兔子對他釋放的殺氣越來越重。要是再繼續纏著左牧不放，這隻兔子恐怕真的會殺過來。

左牧拿著陳熙全好意送來的隨身碟，目送對方離開。

雖說能夠把王學承搞垮是挺不錯的，不過沒想到竟然是透過陳熙全的協助。

「算了，不想了。」左牧搔搔頭，拉著跟在自己身後的兔子來到廚房，把陳熙全碰過的早餐全部倒進廚餘桶。

收拾乾淨後，他笑著轉身對兔子說：「走，我們去吃早餐吧。」

浪費食物雖不是他的本願，但沒辦法，他跟兔子都不想吃陳熙全碰過的食物。

兔子很開心地跳著腳步，突然直接把左牧橫抱起來，二話不說便從窗戶跳出去。

「嗚哇！兔子，你、你在搞什麼——」

左牧連反應都來不及，就這樣莫名其妙被兔子帶走了。

重點是，他們身上現在還穿著成套的睡衣啊！這能看嗎！

「兔子，住手，快點帶我回去，你不要往前跑啊啊啊！」

只可惜兔子因為過於興奮，完全沒在聽左牧說話，一頭熱地向前飛奔。

左牧只能把臉埋入掌心，放棄掙扎。

這隻兔子果然蠢到無藥可救。

——《遊戲結束之前SP－毀滅禁止－》完

BEFORE THE END
OF THE GAME

後記

ゲームが終わる前に

各位好，我是最近開始瘋狂寫新故事的多坑草。

舊的故事都差不多收尾完畢了，接下來是新故事的啟程，雖然不捨，但寫新的故事也會讓人充滿期待，之後這個新故事很快就會和大家見面，敬請期待！

首先，真的要感謝大家對《遊戲結束之前》的厚愛，因此才能有這本番外誕生。這本的故事會簡單敘述兔子的身分，另外還有新角色登場，當然同樣的，也會有帶點懸疑成分的設定在裡面。除了大家熟知的三人組之外，熟悉的角色也會出場，左牧的命運就是這麼簡單，無論是在島上還是在現實生活，早就沒辦法回到從前了（再次為左牧節哀）。另外故事中也會說明兔子的名字，以及不願開口說話的原因，替本篇中沒有解釋清楚的部分做點補充。

由於篇幅有限的關係，沒能說到的設定有很多，單單只有將事件完結，之後左牧這個三人加一的小隊不知道又會遇到什麼樣的危機，無論如何，左牧肯定是最頭痛的那個。家中的食客變多，身上背負的債務也增加，總而言之他已經踏入了龍潭虎穴，無法離開，只好硬著頭皮繼續往前衝。不管面前有什麼樣的危險或是阻礙，我相信兔子都會幫他把這些問題解決掉的（笑）。

草子信

草子信ＦＢ：https://www.facebook.com/kusa29

高寶書版集團
gobooks.com.tw

輕世代 FW378
遊戲結束之前SP - 毀滅禁止 -

作　　者　草子信
繪　　者　日　々
編　　輯　林雨欣
美術編輯　彭裕芳
排　　版　彭立瑋
企　　劃　方慧娟

發 行 人　朱凱蕾
出　　版　三日月書版股份有限公司
　　　　　Printed in Taiwan
地　　址　臺北市內湖區洲子街88號3樓
網　　址　www.gobooks.com.tw
電　　話　(02) 27992788
電　　郵　readers@gobooks.com.tw（讀者服務部）
傳　　真　出版部 (02) 27990909　行銷部 (02) 27993088
郵政劃撥　50404557
戶　　名　三日月書版股份有限公司
發　　行　英屬維京群島商高寶國際有限公司台灣分公司
　　　　　Global Group Holdings, Ltd.
初版日期　2022年6月

國家圖書館出版品預行編目(CIP)資料

遊戲結束之前SP：毀滅禁止/草子信著.-- 初版.
-- 臺北市：三日月書版股份有限公司出版：英屬維京群島高寶國際有限公司臺灣分公司發行,
2022.06-
　面；　公分. --

ISBN 978-986-0774-97-9(平裝)

863.57　　　　111004318

三日月書版

GOBOOKS
& SITAK
GROUP©